谁杀死了阿哈

陆　涛◇著

用眼皮量出了天地的距离

北京联合出版公司
Beijing United Publishing Co.,Ltd.

序

当我决定写小说并署上自己名字的时候，就知道从此我不再是一个隐秘的人了，会像小丑一样任人评说。权利已经不在我的手上，无论是赞是辱皆须经受。真正的高人是不会去著书的，一如天下之神从不说话，都是由信徒代言。当你听到神说话的时候，你的肉身已死。因而我写下的每个字，当你看到的时候，代表这个字已经死亡。

你所看到的是已经死亡了的文字，不死的都在文字后面。我是如此愚蠢，让你进行一次你一无所知的旅行。我以为我写下的每个字都由此成为罪恶，也暴露了自己的无知和浅薄。

陆　涛

2017 年 4 月于北京宣仁府

目　录

零 …… 001
壹 …… 008
贰 …… 017
叁 …… 026
肆 …… 042
伍 …… 053
陆 …… 070
柒 …… 093
捌 …… 115
玖 …… 145
结　束 …… 154

零

这世界上总有想说话的人，也有不想说话的人，谁也瞧不上谁。总说话的看不上不说话的，理由是“语言是思想的表达”；不说话的人一分钟也没看上过总是喋喋不休的人，听上去全像废话。正如一杯茶，茶叶少水太多就不是茶；犹如一勺米，锅太大水太多蒸出来的就不是饭，熬粥呢。

雪国就已经乱成了一锅粥。

人人惊慌失色，雪国已经一千年不下雪了，不下雪的雪国还叫什么“雪国”？这个不用大王告诉他的臣民，雪国人都知道。大王总是最操心的人，从不认为自己是瞎操心，总教给人怎样生活，怎样行走，甚至怎样做爱。一个奇葩国家，有一个奇葩大王，着急地在王宫里大喊：下雪呀，我的雪国！

可老天爷就是不下雪。雪国无雪，天崩地裂。

阿哈总问：雪国因何无雪下？天不作答。彩霞说：王子阿哈，快回寝宫吧！

阿哈是雪国王子，彩霞是质押在雪国的公主，成为王子的宫女。这显然是雪国大王的阴谋，阿哈不知道，彩霞不知道，可是天知道，所以不下雪。彩霞是火国大王最小的公主，到雪国做人质已经一千年了。

阿哈已满三千岁，按雪国之法，阿哈已经长大，可以出宫了。可阿哈不想离宫，自从父王为他举行完王子封典以后，他已经百年没有见过母后了。母后病了。父王说母后没有病，是阿哈病了。父王说：我儿阿哈，你病啦！封典大礼之后的王子阿哈怎么会病了呢？天下人都牵挂阿哈。

阿哈长得太英俊，像水晶，传说皮肤都是透明的。这就是形容吧！雪国就是被形容坏的，历代大王都会留下一些形容词，新的大王再补上一些、创造一些，整个雪国都被形容在幸福中，其乐融融。说阿哈皮肤透明是假的，是说阿哈“透明”得像一个玻璃人，忠诚守信，善良可爱，天下人都爱阿哈，他的美名像云一样飘逸天下。彩霞从万里迢迢的火国来，从一千年前进宫的第一天就爱上了阿哈。

不出所料，阿哈也爱彩霞。雪国王子容貌俊秀传遍天下，全天下又有谁不爱阿哈?

阿哈自己并不知道他是多么英俊。阿哈英俊也就罢了，偏偏还聪慧，众望所归地成为王子，大王也没得选择，因为他只有一个阿哈。阿哈像一株水仙，水灵灵般耀眼，都说阿哈能沉鱼落雁。这本该是形容火国公主彩霞的，可彩霞来雪国时被父王施了魔法，每天子夜时分才能够露出片刻真容。美若天仙的彩霞这一刻居然被阿哈见到了!

阿哈没想到彩霞会这样美，美得像一幅画，彩霞如同从画中走出来的人儿。阿哈要解除彩霞被她父王施的魔法，美应该共赏，让未来的雪国王后美到天下皆知。如果想要解除彩霞身上被她父王施的魔法，就必须到火国去。可阿哈的父王连王宫都不许他出，他又怎么能到万里迢迢的火国呢？!

阿哈一心想让雪国人都看到彩霞之美，美应该分享才为美。彩霞说：阿哈，不能！阿哈见过就好啦!

可阿哈不愿意。天下人都知道机会是为有准备的人创造的，果真如此，雪国不下雪，要去火国的冷山上取下一朵雪莲，带回雪国天台祭天，雪国就会下雪了！雪国人都知道阿哈要远行了，而且带着一封信，信是雪国大王写给火国大王的，这是王和王之间的事，没人知晓雪国大王是要火国大王杀死阿哈。

为确保火国大王杀死阿哈，雪国大王只要寻到一个理由先杀了彩霞就万无一失了。如果火国大王不看信就能把阿哈剁成肉酱，雪国大王就踏实了！

为什么会这样？要不怎么说是一个故事呢，而且如诗如画。

如诗如画的故事并不多。杀死阿哈，美誉天下，雪国大王就是这样想的。大王的想法总跟百姓不一样，要不怎么是大王呢！

故事就是这样开始的。

子夜，同父异母的哥哥法斯库施魔法，让王宫卫士看不到彩霞子时在王子寝宫里。阿哈第一次看到彩霞的真容，激动万分。

阿　哈：彩霞，你的脸怎么这样红？

彩　霞：彩霞是被月儿染的，月亮染红了彩霞的脸。

阿哈抬起头，果然看见了红月亮。然后他想到了国事，毕竟是王子，爱在心里，国事为重，是王子的不二选择。

阿哈，雪国王子，奉父王之命去火国送一封信。阿哈身上有一个“秘密”，当得知这封信是要火国大王杀死他的时候，他宁死不违背诺言，毅然继续前往，一路历经艰难险阻，终于到达火国，履行了自己的承诺，在烈火中变成了一只金凤凰。

多年后阿哈轮回转世，在“黑白之昂”系列第一季《碎了一地丁香花》里成为“帝国十三弟”，名叫长樱空，又一次被父王派往花灿国，这回是要他把花灿国的国王带到帝都审判。

阿　哈：下雪吧！哪怕是红雪，别让父王不停歇。

大王在求雪，连王宫里的猫都知道。猫儿每晚喵喵叫，大王好烦恼。

大　王：（叫）雪啊雪，你为何还不来到？

壹

天甲站在天台上，巡哨。他经常站在圣山上，呆呆地望着天。天甲是武士，身后背着一把长剑。硬朗英俊的天甲，他在盼阿哈，他知道阿哈要到天台来，跟随大王祭天求雪。

天甲挂念阿哈，他跟阿哈一起长大。阿哈从未出过王宫，这是第一次。无论是悲是喜，没有人会忘记第一次。

天甲站在山顶就像个诱饵，谁都能一箭把他射下来。天甲不知道，因为他是天甲，别人知道的事他都不知道，别人不知道的事他都知道。

他冷。

天　甲：**冷啊，冷。**

只看沉月西明。

这就是有病了，站在冷冷的高山上说冷。

地乙来了，她是天甲的妹妹，雪国最美的美女武士。天甲知道，“美”这个词就是为妹妹而造，地乙是为美而生，一切形容美的词语尽可用在妹妹身上。地乙走过开花的地方花儿会害羞地闭上，天上的大雁也会掉下来落在她的身上，而且一定是雄雁，因为雌雁看到她会忌妒得抖动着翅膀而去。雌雁气得颤抖，翅膀搅动空气，风就是这样来的，雪国会起风。

雪国起风的时候天下都高兴，漫天飞舞的雪花煞是壮观。这就是一个专门供人看乐子的国家，只要下雪，天下都会来朝拜，带来礼物，拿走更多的礼物。

可是雪国现在不下雪，已经千年无雪。以前雪国一下雪就下一百年，风再用二百年吹干它。雪花漫天飞舞二百年，是那样壮观、漂亮，天下朝圣的景象无出其右。大王坐在天台上接受贺拜，脸上的红光映红了天，天下人都知道天上的红霞就是这样来的。

天无红霞就是无人朝圣，乃天下大事。雪国千年无雪是个耻辱，大王上天台会被天下人看成骗子。

那可不行，大王是天下第一傻瓜，只有他自己不知道，天甲知道。大王知道的事天甲都不知道，天甲知道的事大王也不知道，这里面是有逻辑的。雪国人不懂逻辑，逻辑算什么，只要下雪就好，雪国有雪，天下就其乐融融了。

地乙走到天甲身边，歪头看着他。天甲举目远眺，不知道千年无雪是个什么征兆。天甲是雪国的忠诚卫士，无出其右，他三千岁的时候再也不能跟阿哈一起玩了。阿哈有阿哈的地方，进了深宫。天甲虽然也在宫里，却隔着一堵用虎骨砌起来的高墙，此后百年一见。阿哈是王子，天甲成了王子的隔墙卫士。三千年雪里滚大的情谊让天甲难忘，他多想见到阿哈啊。

天　甲：**冷啊，冷。**

只看沉月西明。

地乙看着哥哥，感觉天甲有点儿傻，她使劲地拍了他一下。

地　乙：天甲，你就不能说点别的？

天　甲：**冷啊，冷。**

只看沉月西明。

地　乙：你就不能看点儿别的？

天　甲：**冷啊，冷。**

只看……

地乙生气了，打断了他，把他的头往下按。

地　乙：大王让你来巡山，你怎么抬头看天外？

天　甲：地乙，你一边儿去！

地　乙：你想从天上掉下来一个嫂嫂？天甲，不是她傻就是你瞎！我还不知道你爱彩霞？

天　甲：地乙地乙求求你，莫把此话说出去！

地　乙：知道了！哥哥的爱情要来啦！就像我心爱阿哈！

天　甲：你个小傻瓜，阿哈岂是你爱的？

地　乙：我愿意傻！

天甲郁闷，从来拗不过妹妹。地乙谁都不怕，除了阿哈。爱一个人爱到让自己害怕，就是登峰造极的爱。女人不像男人该爱就爱，不爱了扭头便走；女人的爱像瓶子打碎在地上，拾不起来，谁帮着收拾都会不小心划破手指。女人的爱伤不起，碎了，却让关心她的人流血。

咚咚的脚步声传来，一听这动静就是曼陀拉。曼陀拉是王宫卫队长，总带着他的神器——一只不会飞的木鸟。没有人见过曼陀拉的木鸟飞，飞的那一天必是一鸣惊人，谁知道呢？

地乙回过身，看着曼陀拉，兴高采烈。

地　乙：曼陀拉，你来了？怎么不见阿哈？

曼陀拉：让你们兄妹在一起，天台巡逻看仔细！我们的大王还在睡梦里，天台上不许走动一只蚂蚁！

天　甲：**日出东，月往西。**

雪国无雪人人急。

地　乙：不怕！让一千个画工来作画，把天台涂鸦，雪国的大雪就来临啦！

天　甲：天下第一傻！曼陀拉，我有这样一个妹妹咋办呀？

曼陀拉：你兄妹俩都是睁眼瞎！

曼陀拉悲伤地看了天甲、地乙各一眼。曼陀拉长得天生无喜兴，看到他就知道什么叫悲惨了。可他一笑的时候，两个嘴角能扯到耳朵边。不笑才好，一笑就成了看见的人的大灾难。

曼陀拉：在这天台少说话，小心脑袋搬了家！

地　乙：我想脑袋快搬家，赶快见到小阿哈！

天　甲：你这个大傻瓜！

曼陀拉：雪国千年无雪降，整个国家都慌张！

天台圣地看仔细，大王随时到这里！

天　甲：我的地乙好妹妹，要把心思快收回！

你爱阿哈有多累，水中捞月空手归！

地　乙：无悔！

曼陀拉笑了，哈哈大笑，笑得风骤起，席卷千里，就差地动山摇了。

曼陀拉：女人就是这东西，时时活在自我里。

撞上南墙不回头，到处诉说多委屈！

天　甲：地乙地乙你活受罪！

地　乙：天甲天甲我真的好爱他！

曼陀拉：天下谁不爱阿哈？痴心妄想魂丢啦！

刮起一阵妖风，是法斯库来了。他身上总是背着一支神箭，正好可以射下曼陀拉的神鸟。有些矛盾是藏在肚子里的，有一种争斗则是张扬在外。在里的斗的是心计，在外的斗的是实力。

法斯库是一个既有心计又有实力的人。他长相英俊，鹰钩鼻，深眼窝，就像一只鹰，发情期的梅花母鹿看到法斯库都会痴情得不动了。大王当年巡猎时在山野里打了一只鹿，喝了鹿血，火大得下不去，见到一个山女，像吃野味儿似的急急地与她苟合了，之后大王就把这事儿忘了。三千年后，法斯库的娘让一条饿狼吃了（不幸的女人啊），娘在被狼咬断脖子之前用最简短的话告诉法斯库：你爹是大王！快带着神箭前往！法斯库这时才知道他是雪国大王的种，以前一直以为自己是狼的崽！娘消失了，他大哭了一会儿才想起来射箭，一箭把狼和娘射到了山崖上，狼和娘就挂在了山崖上。

法斯库背着大王当年赐给娘的神箭，风风火火地下了山，正赶上阿哈加冕王子大典。法斯库进不去王宫，从头上拔下一绺长发拴在箭上射进王宫。大王一闪身抓住了箭，拿起毛发一闻，喊道：我儿？快开宫门迎我儿！

法斯库来晚了，阿哈已经完成大典。法斯库怪狼把娘吃晚了，扑通一声跪下。

法斯库：父王！俺娘才让狼吃了，法斯库来晚了！

大王接过神箭仔细看。

大　王：不晚！狼把你娘吃得正是时候！父王闻到你这一

身雄赳赳的爷们儿味儿，来呀，挑一百个宫女伺候我儿！

法斯库唯一的缺憾就是腿有点儿拐。他三千岁时，一条腿被狼咬断。狼未能把法斯库吃掉，得益于娘在他的脖子上套了一个金项圈，狼未能把他的脖子咬断。狼吃人爱咬人的脖子，雪国如狼的人也学到了，喜欢鸭脖，可以啃。

天甲、地乙和曼陀拉看到法斯库，都把一只手放在胸前，低头弯腰，行雪国之礼。

曼陀拉：法斯库，曼陀拉有礼。

天　甲：法斯库，天甲有礼。

地　乙：（草草地在胸前比画了一下）：有礼了！

法斯库惺惺作态地把手放在胸前，眼睛瞟着地乙。凡是男人得不到的女人一定是天下最好的女人。女人得不到的男人是让女人痛恨一辈子的男人，临终时眼前最后一闪竟是少女怀春时爱上的少年。女人放不下爱，男人恨不得每天有新爱。爱一个男人太久，女人身上就有了这个男人的味道。所以男人总想新味道，所以大王才有那么多女人，夜夜有不同的味道，也因此大王都死得早，只活一万岁。

原来臣民喊大王“万岁”并非咒他，说的是事实。臣民都活两万岁，活到十万岁也是有的。于是雪国大王让臣民喊他“万万岁”，臣民就这般喊了，因为臣民都可以投胎转世，“万万岁”的大王沉眠九泉下且转不了世呢。如此甚好，也只有大王自己不知道，天甲知道。

天　甲：万万岁呢？

法斯库：还睡呢！

说完，法斯库抖了一下披在身上的狼皮，说：天甲、地乙，王后在宫里等你们兄妹。

地　乙：阿哈不来了？

法斯库：父王让阿哈求雪拜天，母后让天甲、地乙进宫听宣！

曼陀拉：你俩快快前往，莫要张扬！

曼陀拉说完叹了口气，总觉得哪里不好。到底是哪里不好他也不知道，只是觉得不好。看着天甲地乙离去、法斯库飞起，曼陀拉的木鸟呱呱叫，他爱抚着木鸟。

曼陀拉：木鸟不要声张，待我细察端详！

贰

王宫里庄严肃穆，看上去满目悲戚。阿哈没有走出宫殿上天台山，大王改变了计划，让阿哈在王宫里拜天，为阿哈专门搭了一座圣台。圣台礼仪规模盛大，身穿白色雪篷的宫女们跳起雪祭之舞，围着拜雪圣台转。

阿哈身披白色长衫，缓缓走上圣台，举目眺望，他眼睛里闪着泪花。

满天的大鹏飞舞，发出凄惶的叫声。

阿　哈:（吟）**啊，我至高无上的雪国，**

你有着发热的肌肤，河流

像跳动的脉搏。花朵

敞开它彩色的胸怀，蚂蚁和蚂蚁

一起奔忙。我猜想

那美丽的天堂，
天使陪着不再孤单的灵魂，
唱起迷人的赞歌。

我的雪国，雪花飞舞，
依稀在梦中飘落。洁白
曾给予你优美的覆盖，像尊贵的妇人
骄傲的眼神，带着一丝微笑，
轻轻翘起嘴角，
屹立在美丽的山河。

雪国，一代又一代
伟大的种植者。来了，走了。
走了，来了，享受着
大地之爱，不曾有人错过。
一代又一代，在你温柔的胸怀
哭闹，挖掘，撒娇，
你如此博大的慈爱，承受着，

没有什么受不了的折磨。

我喜欢这样的情景，如同
幻象。浪漫和野蛮一起奔忙
认定自己才是智者。
宣言，咆哮，忠告
还有哭号，交会在一起发出尖叫。
也有
不发出声音的沉默。柔软
是一把犀利的剑，撕裂真诚，
忍着剧痛
坚守信念，唱起生命的赞歌。

我爱我的雪国！美丽的山河！
哪怕是被上帝
激动不已之时的一次悲壮涂抹
我也坚信，这山川河流，
每个生命

都是上帝最伟大的雕刻。

下雪吧，我伟大的雪国！
我看见你的使者，从天堂而来，
带着
无声的话语，轻盈飘落。
快让我知道，证实自己曾经
活过。活过，聆听我
唱起
一支永不飘散的行走之歌。

因为我活过。因为
我爱我的雪国。因为
我是忠诚的使者。因为
我不想把属于自己的一切
错过。跟我来吧！你不必屏住
呼吸，大胆放松自己，睁大眼睛，
放弃一切思想、道德、意义跟着我。

一只火鸟飞来，阿哈跪下，托起双手，火鸟衔给阿哈一株雪莲。

阿哈接下，泪流满面。宫女们圣舞再起，雪花片片，纷纷扬扬落下，梦中的雪花把王宫尽染。响起了雷鸣，还有闪电。火鸟飞走了。阿哈起身，极目远眺。

传来猫儿凄凉的叫声，阿哈慢慢地低下了头。

有事！猫不该叫，偏偏叫了，声声求饶。还有别的吗？雪国的秘密！

不，是父王的秘密！听到猫叫，母后该有多悲伤啊！

王宫里，王后站在悬窗前望着圣台，珠泪涟涟。她美丽，一种熟透了的美，酥胸微露，眼长臂长，让人过目难忘，要不怎么是王后呢！天生丽质，一颦一笑，万物鲜活；一悲一切，所望骤冷。

仆人们像蚂蚁一样趴在地上匆匆而过，擦拭着水晶地板。寝宫深处的莲花池升腾着热气，白色的雾气袅袅环绕，仙境自在宫里。一溜儿宫女端着银盘款款而来，为王后宽衣。

宫　女：王后宽衣沐浴，上圣台为阿哈礼祭。

王后突然拔出一把短剑，宫女惊慌逃散，银盘落地发出悦耳的声音。王后欲将短剑刺进自己的眼，一支箭射来击落了剑。

王后趺趺撞撞险些趺倒，法斯库飞跃到王后身前，一把将她拥入怀中。

法斯库：母后，我亲爱的王后！

王后挣扎，想推开他。法斯库抱得更紧了，并对宫女和蚁仆们吼道：退下！

王　后：法斯库，你干什么？

法斯库：**我的王后，我不是你和父王所生，**

母后也是我的圣灵！别为

阿哈难过，阿哈是为了雪国！

火鸟带来消息，恭迎

阿哈前往！王后，你该为阿哈祈福

这是一次伟大的行走

去火国，上天山寻找雪莲

去拯救雪国的苦难！

王　后：不要夺走他，谁也不能夺走我的阿哈！

王后伤心欲绝，想再次推开法斯库，却被法斯库抱得更紧了，搂在怀里。

法斯库：**母后，我亲爱的王后，**

没有人能夺走阿哈的真情，

王子有王子的使命，

我和母后一起祈福阿哈远行

千年不会太久。法斯库

日夜守候我的王后

梦儿妖娆，我这个曾经的弃儿

陪王后为雪国祈祷。

王后泪如泉涌，白雾弥漫飘逸过来。她大口地呼吸，想吐出胸里的浊气，痛苦难安。她看着法斯库，慢慢地推开他。

王　后：**你走吧！回到你的山峦，**

那才是你的江山。

山神护佑你不被侵犯，

你父王有此心愿。

法斯库：**我的王后，这一切为时已晚。**

雪国仪仗已达百里远，

送行阿哈，

我的神箭会护王子回还。

王　后：大王呢？大王在哪里？

法斯库：父王登上天台，祈祷阿哈早归来！我亲爱的母后，天甲、地乙在宫外等候！

王　后：让天甲、地乙进来，你等候在宫外。

法斯库升腾而起，飞走。温泉喷出水花，王后跑过去，伸出纤细的手臂，接住水花，哭出来。

王　后：（喊）不！不！你个浑蛋法斯库！

天甲和地乙进来，给王后大礼跪下。

天甲、地乙：（齐声尊敬地）拜见王后！

王　后：天甲、地乙，你们兄妹护送阿哈前往火国！夺下我王的信，莫让阿哈交给火国大王！

天　甲：王后放心，天甲不会让火国大王看到信！

王　后：大王下旨阿哈去！那就一日千里，赴火国十万火急！

地　乙：姨娘，你要保重健康！

拜别姨娘，地乙不再回往。

我和阿哈从此幸福在异乡！

王　后：荒唐！

温泉的雾弥漫，王宫里什么也看不见了。天棚上，只见法斯库的两只狼眼，一闪一闪。

雪国会有一场大祸，无人能躲过。

叁

冷峻的天台山，高耸入云，只听号角长鸣。

雪国的王登山眺望，看上去心情激荡。这是一个外怒心怒的人，有时候外怒心未必怒，外喜心也未必喜，大王的伎俩，善弄权术。正义凛然时被赞誉为充满智慧，不可告人时就成为阴险毒辣。表里如一或表里不一取决于人们对事物的认识，改变的都是看大王的人，不变的是大王自己，所以是王。

起伏的山冈上站满武士，威武的鼓声骤起。大王精神大振，却是语重心长。

大　王:（吟）**雪国的早晨，总是**

这样美丽。

晨风拂起，带走了

昨夜的秘密。

雪国国王，冷酷无情，因当年火国进犯，一怒之下失手踢死了啼哭的小公主。阿哈出生时背上有一个“脚印”胎记，这让国王惊恐万分，他认定阿哈是冤死的小公主投胎转世复仇来的，在法斯库的唆使下命令阿哈远赴火国。

在“黑白之昂”系列第二季《山那边的炸裂》中他投胎转世，上演了一部荡气回肠的抗争崛起。

太阳如此磊落，刺眼的光芒
万丈！这锐利，这锋芒
穿越浩瀚无际的空虚，
却从来没有到达过
苟且者的心底。

阴柔之美的月亮，被
一遍一遍颂唱，万物聆听
高高低低的赞美曲。
男人和女人赤裸着身体，
重复着
一次次交媾的经历。
英雄造访女人花园，
惊喜，慌张，匆忙，
没有人放弃，
上帝赐给人类的传奇。
除非你不行。

太阳不会自渎，瞪着一只
惊愕的独眼
像傻瓜一样，每天落下升起。
有谁知道，太阳的一生
都是在追赶
娇柔月亮的身体。

月亮是美丽的罪恶，
每次出现就是为了诱惑！
阴暗
被书写成朦胧。太阳
升起，
星星不见了。大风骤起，
刮乱了雨的诗句。
我们的诗
是那么空虚。失去的雨，
随着风儿
飘散，掀起尘埃，

注定了

彩霞的悲剧。

风儿刮过，彩云飘荡。天台上响起了低沉威严的闷鼓，随之响起撕裂的号声，一队武士押着彩霞过来。

彩霞不知道自己犯了什么过错，被武士按在大王面前跪下。她平静、祥和、温婉、迷人。彩霞知道将面对死亡，死亡对她来说，或许是另一个故乡。

大王围着她转，一圈又一圈，在思量。

彩霞是不可思量的，并不慌张。

大　王：彩霞，你可知罪？

彩　霞：大王，彩霞不想来来往往，法斯库让彩霞来去匆忙。看雪国，放眼望，哪一个不是匆匆忙忙？

大　王：匆忙，是人有理想。理想，是渴望未来的一张床。

彩　霞：那又何必慌张？我的大王，理想可是一个伪装？

大　王：彩霞，你侍奉阿哈倒是不声不响！告诉我，你昨晚为何那般慌张？

彩　霞：大王，彩霞没有慌张，法斯库向大王胡言乱语！

大　王：告诉我，你可看见了阿哈的身体，证实了雪国流传千年的秘密。

彩　霞：回禀大王，彩霞没有看见阿哈的身体，不知道阿哈有何秘密？

大　王：你胡说！法斯库告诉我，彩霞来雪国就是一个灾祸！

彩　霞：大王，彩霞万里迢迢到雪国，不想惹祸。雪国无雪，我会禀告我父王不是雪国之错。

大　王：（笑）哈哈！你这小脑瓜，是不是以为别人都傻？

彩　霞：阿哈祈祷在月下，法斯库命彩霞见阿哈。

大　王：彩霞，昨天夜里，你可听见一个女孩哭泣？

彩　霞：大王，彩霞没有听见女孩哭泣。

忽然响起猫的哀鸣声，在天台回荡。大王万分紧张，焦虑不安。

大　王：（叫）你听！你听！哭泣声声！

众人呼声响起，威严，让人惊恐，震荡了山峦。鸟儿唰的一下飞起，松涛发出沙沙的声响。

大王不仅紧张，而且痛苦不堪。众武士呼声更响，只见天上乱云飞渡。

猫声又一阵哀鸣，巨响，大王忽然跪下。

大　王：莫要责怪父王，每个生命都有自己的主张！我的小龙女啊，你不要出现在这天台之上！

彩　霞：大王，这哭声不是小龙女，是荒野的猫儿发出的悲泣。

大　王：大胆彩霞！竟敢如此说话！

彩　霞：大王息怒。

大王站起身，在惊恐震怒中狂笑。天下人又有谁能知道大王的心思呢？若天下人都知道，那就不是大王了。

大王收住笑，走近彩霞，弯下腰，抚摸着她的脸。

大　王：**女人是如此荒唐，习惯**

把渴望

用最恶劣的方式伪装。

迷茫的眼神，柔软地穿透

说出口不对心的话语。

温柔的手，假装拒绝

却引导你

她想被爱抚的地方。敞开幻想

到达男人

一无所知的地方，

女人，带给你梦想的彩装，

同床异梦，就在身旁。

每次结局，都让男人

觉得是自己无礼，深藏起

难言的悲伤……

彩霞悲痛，知道跟大王说理就是劝虎莫吃人。在老虎眼里，人不过是可食之肉，哪知道不同的人脑瓜里还装着不同的思想？老虎食不出所食之人有无思想的味道，并非越有思想的人吃起来越香，也可能是臭的，甚至更臭。想得多的人的肉质和口感都变了，傻乎乎的漂亮女人，老虎吃起来才会满嘴留香吧！

大王杀人凭一时性起，若还找些依据，已是天大的礼遇。雪国也有议事堂，只是装模作样，小事召集大臣们胡议一阵，大王只是看看每个大臣暴露出来的思想；大事岂可堂中吵议，大王一个人自有主张。

彩霞知道躲不过灾难一场，法斯库的阴险毒辣已经张扬，这是要拿她为阿哈饯行，在天台摆出了如此阵仗。

彩　霞：尊敬的大王，彩霞没有看见阿哈的身体！不知道阿哈有何秘密。求大王放彩霞回宫去！

大　王：知道阿哈身体的秘密还想哪里去？你休想传扬雪国的秘密。

彩　霞：大王啊，哪个国家没有秘密？秘密不在身体，哎呀，大王怎会怪阿哈？

大　王：杀！

鼓声阵阵，号角回荡。一道闪光，曼陀拉急奔而至，在国王面前跪下。

曼陀拉：禀报大王，火国火军正往雪国来！

大　王：那是迎阿哈的仪仗！

曼陀拉：大王要以血送行阿哈，求大王杀我曼陀拉！

大　王：我忠诚的曼陀拉，大王怎会把你杀？快快退下！

曼陀拉看着彩霞，好不悲伤。

大　王：彩霞看见了阿哈的身体，不能让她泄露雪国的秘密！就用彩霞之血祭我儿远行，一切都是天意！

曼陀拉：大王！

大　王：杀！

法斯库率行刑队而来，四个行刑人将彩霞高高举起。彩霞好无辜，又好无助，只听铜号声声，刺骨长鸣。

彩　霞：（悲伤地）大王！我要见阿哈！

阿哈疾风来到，看到彩霞蒙受大难，悲伤难抑，双手捧着雪莲，给父王跪下。

阿　哈：父王，让阿哈带彩霞同往火国！求父王莫杀彩霞让天地悲伤！

大王转过身去，法斯库拿过阿哈手中的雪莲花，轻轻一吹，雪莲花不见，扬起片片雪花。

法斯库：雪国无雪天地悲伤，苍天大怒江山震荡！

阿哈怎不想一想，事出有因怪父王？

阿　哈：兄长何出此话语？阿哈愿往火国去！

求得雪莲祭天地，雪国有雪来得及！

法斯库：雪国无雪是天意，父王看这大风起！

恶魔抛出大咒语，快杀彩霞敬天意！

忽然刮起了风，瞬间地动山摇。

曼陀拉：说什么天意！我看是你法斯库歹心骤起！

曼陀拉知道有天机，我王啊，不可让阿哈火国往！

大　王：大胆曼陀拉！

曼陀拉跪下求大王。

曼陀拉：启禀我王！阿哈不可火国往！

快放彩霞！莫把火国公主伤，大王！

大　王：（怒）曼陀拉！你敢咆哮在这天台上？

来呀！拿下！

众武士上前将曼陀拉锁住，阿哈急忙又给父王跪下。

阿　哈：父王，阿哈即刻往火国，救我雪国不慌张！

杀死彩霞太荒唐，父王看天有异样！

大王仰头看天，大笑起来。

大　王：雪国之天有异样，欢送我儿火国往！

求得雪莲快回转，彩霞之血祭天堂！

阿　哈：父王！

大王扶起阿哈，似情深义重。

大　王：我儿阿哈，你要担当天下！

　　　　这是王子的责任，雪啊！

众　人：（呼）雪啊！

大　王：雪国快快降雪吧！莫让灾难进万家！

众　人：（应）雪国快快降雪吧！莫让灾难进万家！

大　王：（叫）杀！

号角齐鸣，彩霞被高高举起抬走，响起阵阵追魂鼓声，彩霞遭杀。

阿哈倒下，风骤起，天上不是降雪，片片枫叶飘落，红叶。

大王拂袖而去，法斯库紧随跟上。

曼陀拉扑向阿哈，声泪俱下。

曼陀拉：阿哈！阿哈！

阿哈醒来，缓缓站起身，忍着悲伤，看着曼陀拉。

阿　哈：（吟）**也许你不知道，一声嘶号**

　　　　让蚂蚁惊慌得无处逃。

蚂蚁的生命
如此弱小，可它力大无比
没有人不知道。也许
蚂蚁怎么也想不到，
祸从天降
小小生命画上了句号。

意外总会到来。天下之物
都有大爱。风带着花絮播种，
邻家的一个孩子
降生了，闭着眼睛，什么都不看，
从此开始，百年哭号。

去吧，永别了，力大无比
小小的蚂蚁。没有人知道
你怎样来的，
有谁在意你怎样去？
你也不需要

谁会为你举行一个举足轻重的葬礼。
蚂蚁，蚂蚁，
你生得冤枉，死得离奇。

阿哈泪流满面地向手心里的蚂蚁吹了口气，长出翅膀的蚂蚁飞走了。

他举目眺望，掩饰住悲伤。一股热血涌上心头，泪光楚楚。悲伤的阿哈看着他的国家，语重心长。

阿　哈:（吟）我的雪国，洁白里
隐藏着险恶。到处是晶莹的慌张，
一条毒蛇
在惊恐中匆匆滑过。

我的雪国，蚂蚁
也学会了哭泣。还有一只青蛙
蹦蹦跳跳走过。人们
都以为天生悲伤的青蛙
活得一直很快乐。

我的雪国，染白了女人的肌肤，

羞红着脸

渴望爱人的抚摸。隐秘收起

激荡的心，

身上总有一处阵阵发热，

最终收获的是，泪流成河。

众　人：（呼）阿哈！阿哈！

阿　哈：你会看见

我把眼泪种下，

等我回家

泪花已经长大。

我要回家，

看长大的泪花绽放在蓝天下。

肆

水国之境，鸟语花香。一条弯弯的河，静谧。阵阵风儿吹过，朝霞一片火红。

阿哈抱着彩霞，轻轻放下，疼爱地看着她。彩霞一动不动，阿哈将长衫脱下，盖在彩霞身上，从怀里取出一只银杯，有水自天而落。他抱起她的头，滴滴涓流落入彩霞口中。

阿哈擦掉彩霞唇边水，把她放好，等待彩霞醒来。

阿哈站起身，一阵眩晕。阿哈耗魔法救彩霞，会被减寿千年。他看着远处，另一片山河，默默吟诵。

阿　哈:（吟）**早晨，最惊喜的是**

我还活着。察觉到自己

第一声呼吸，

开始明白，生命的程序

重新启动了。

啊，活着，做什么
都还可以。一只鸟和一只鸟
在树枝上叽叽喳喳，
不明白，男人的早起为什么，
有一种东西
不由自己，挺拔屹立。

夜晚的星星，布满在
浩瀚的天际。月亮像大哥一样
率领无数兄弟，看上去
那样拥挤，眨着眼睛
把话语传递。
不知道星星在说什么

我明白
这样悲哀，星星将永远存在，

而我

只是游荡世界一回，然后走了

永不归来。

阿哈跪在地上，捧起一把沙，从手中滑落，心潮澎湃。他抬起头，仰面朝天。

阿　哈：（吟）问天堂，上帝可有一张床？

我用一生仰望，

有谁走进过你的殿堂？

一切都是最好的安排。

我看见，古稀的老人

像孩子一样，

带着些许的激动，还有

无尽的委屈，

诉说着活过的经历。

曾经活过，

为什么只要活着，就会有
一个又一个的幻想?
死亡
才让人明白，原来人的一生
就是这样，为能上天堂，
从一开始
就注定了奔忙。

是这样吗?我大声询问上帝，
上帝默不作声，
哭了。

我的上帝，想起
很久很久以前，也曾有过
这样的慌张。
那时候浩瀚的宇宙，
还有一个
我们上帝遥远的知己。那个上帝

有一天

忽然死去。我的上帝

接过了掌管男人和女人的权力。

上帝总是不明白，

男人和女人，

一生好像就为一件事忙碌，

关于自己的生殖器。

上帝好累。他是如此

倒霉。一片好心

给予了人太多机会。我的上帝，

你是一个理想主义者，

我们爱你，

是因为你如此

倒霉，却爱得无怨无悔。

阿哈听到了歌声，一首无字歌，童声，从很远很远的地方传来，让阿哈泪流满面。

阿　哈：问上帝，彩霞可到了你那里？

她怕虫子，惧怕柔软

长着毛的柔软会让她大声哭泣。

问上帝，彩霞可到了你那里？

她喜欢夜晚，夜晚让男人变得英俊

也造就了女人的优雅和美丽。

问上帝，彩霞可到了你那里？

她有着清甜的呼吸，身体就是

让人激动的旋律，可带去了一片云际？

问上帝，彩霞可到了你那里？

雪白的肌肤，含苞欲放

阴柔的女人之花可流出了泪滴？

响起战斗的声音。天甲和地乙挥舞着宝剑，在与一团黑影激战。刀光剑影，兄妹俩保护着阿哈。

天甲倒下了，地乙也倒下了，打不过那团黑影。阿哈护着彩霞，彩霞醒来了，刚刚站起就被黑影击倒。阿哈扑了过去，也被黑影袭击。天甲、地乙纵身跃起，一阵你死我活的厮杀。

阿哈扑向彩霞，取出降龙扇，扇动着，可以再次救活彩霞。这一救，阿哈会再被减寿千年。

彩霞醒来，没有抱住阿哈，那团黑影嘶吼着卷走了彩霞。

天上飘落下来衣衫一角，阿哈接住了，仰面朝天。

阿　哈：（喊）彩霞！

天　甲：（叫）阿哈！快使降龙扇啊！

阿　哈：不！那样会伤了彩霞！

地　乙：（呼）一定是法斯库！大王把黑风功夫传给了他！就是要一物降一物！阿哈你怎么不使魔法？

阿　哈：母后没有传我咒语，只能看法斯库远去。

地　乙：什么呀！阿哈，你是怕伤到彩霞吧？

天甲腾空追击，被法斯库击落在地。

地　乙：（喊）天甲！天甲！

阿哈挥动降龙扇，天甲醒来，一下抱住了阿哈。

天　甲：阿哈！天甲护你走天涯，是谁要把阿哈杀？

地　乙：你真糊涂！分明就是法斯库！

天　甲：可他是阿哈的兄长啊？

地　乙：同父异母！

阿哈再次使用降龙扇魔法之后，身体更虚弱了，险些摔倒，地乙欲上前扶住他。

地　乙：（心疼地）阿哈？

阿　哈：地乙，我没事，你别往前。

地　乙：我还记得百年前，阿哈把地乙抱胸间。

漫天白色雪片片，想听阿哈讲誓言。

雪国流言一片片，阿哈不该到人间。

天　甲：地乙！

地　乙：我不该把这话提起，可是地乙真的爱你！

让我看一看你的身体，到底有什么秘密？

阿哈后退着，痛苦不安。

地　乙：亲爱的阿哈，地乙已经长大！

雪国的流言一个比一个傻，我不怕！

我爱你……阿哈！

天　甲：天下的女人都疯了！

传来狮子的吼声，天甲拔剑。阿哈上前，把地乙的剑放入剑鞘。

阿　哈：**我的兄弟，请把你的剑**

像雄心一样收起。

身带利器，难免蒙生杀心歹意，

用微笑征服天下

才会有永恒的记忆。

天　甲：阿哈，天甲听不懂你说的话！

阿　哈：我知道，雪国流传着阿哈的秘密。为什么没有人告诉我关于阿哈的传奇？

天　甲：哪有什么秘密？谁来世不是传奇！

阿哈不再问天甲，把彩霞的断衫放进怀里。他不知道这是彩霞留给他的神器，回首看着雪国，遥望远方。

阿　哈：**阿哈要远行，唯一的**

不同，就是不再像

过去那样生活。我不知道

追求稳定，和

喜欢变化

哪一个更平庸?

阿哈要远行，从此走向

坚定。忘却儿女之情，

寻找伟大的图腾，

开始捕捉

追忆中的幻影。

阿哈要远行，去寻找

一种珍重。

这样一想，阿哈的世界，

雪花

已经开始飘零。

地　乙：飘什么飘？大王让你给火国带了一封什么信？

天　甲：地乙别闹！阿哈一定把信收好！

地　乙：前面就是水国，不知道是福是祸？

天　甲：阿哈，你的信是给未来的，千万别失去！

阿　哈：**未来，没有地址。**

没有，

又何谈失去?

伍

月上王宫，琴声瑟瑟。大王杀了彩霞，了却一桩心事，心情大好。阿哈上路，天甲、地乙兄妹随行，火国会有护军城下相迎，一切都在计划中。

富丽堂皇的王宫，奢华，霸气。大王和王后出了温泉，身上的薄纱飘逸。王后陷入痛苦之中，不能自拔。宫女们鱼贯而来，给大王和王后分别披上了龙凤衣。大王红光满面，摆摆手，宫女们轻盈退下。

大王挥舞了一下宽大的袖子，以显示自己还年轻有力，张扬着残留的朝气、满满的霸气。王后儒雅贵气，细眉高挑，目光脉脉，丰唇饱满，酥胸迷幻。她正欲走向凤鸾殿，大王挥袖拦住了她。

大　王：雪国无雪违天理，雪国无雪心焦急。

王　后：不见彩霞在宫里，火国公主在哪里？

大　王：彩霞昨夜失大礼，命断天台魂归去！

大王杀人自觉豪迈，杀了火国公主大有成就感，尽管知道有些事情是不能做的，可一旦做了，却也轻松。

王后知道，有些事王不说她是不能问的，这是规矩。天下的规矩都是给必会违反它的人定的，但王后是不会违反的，所以可以惊讶，表达出恐慌。她推开大王，大王没有动怒，扶住了王后，眨着眼睛看着她。

王　后：你杀公主命归西，天下哪有这道理？

大　王：王后莫要多悲伤，彩霞只能黄泉往！

多情彩霞有主张，知道阿哈命必亡！

王后站不稳，泪如泉涌，大王拥住了她，浴后的王后如出水芙蓉，让他性起，想揽入怀中。王总是喜欢征服，一生扮演征服者，死前都爱回顾睡过多少女人拿下了多少疆土，用王陵向天下彰显。王陵是征服者的坐标，大王是北境雪国之王，死后朝南，那双脚也是踏向南方的。

王　后：大王之命难违抗，杀死彩霞太荒唐！

大　王：阿哈降世一千年，煎熬我心每一天！

王宫女人春心动，小小彩霞也造反！

王后使劲推开大王，走向凤鸾殿，然后又停下，转过身，看着大王。王后心伤，她知道阿哈爱彩霞，更知道大王为何杀彩霞。她已经把既可救命又可降敌的降龙扇给了阿哈，天甲知道，大王不知道。

王　后：阿哈来世一千年，我知大王受熬煎。

身带胎记今世转，秘密已经天下传。

大　王：阿哈身体有秘密，天降阿哈回故里！

王　后：千年之事已过去，大王何必记心里！

大王激动了。天下之王都是因激动而生，为激动而生，既过瘾又延绵子嗣，利己利国利民，这大旗在天下哪里举起都猎猎作响。他控制不住自己了，紧张、恐惧、心虚，也悲伤。

大　王：王后之意我牢记，企盼王子在梦里。

百年之久怀龙胎，哪知降世是龙女！

千日龙女哭声急，夜夜无眠如鬼泣。

父王一时性急起，害我龙女命归西！

大王的自责、疯狂、无助、紧张让王后羞怒、害怕、慌乱，也惊悚。

大　王：百年之后阿哈来，背带足迹来投胎！

讨我之命追魂来，我爱阿哈难自在！

王　后：阿哈不是讨命来，只因大王不自在！

大　王：父王一脚龙女去，身带胎记回故里！

投胎转世复仇来，雪国无雪非秘密！

王　后：雪国无雪人人急。

大　王：责怪阿哈非本意！

王　后：千日无雪山河枯。

大　王：救我雪国求上帝！

大王跪下了，为天而跪，双手高举，抬头仰望，浑身震颤。

王　后：我的大王，你派阿哈火国往，怎敢对彩霞把命伤？

她是火国公主啊，难道这个你也忘？

大　王：火国大王有十女，押一彩霞早忘记！

阿哈秘密无人晓，看到阿哈命难逃！

王　后：火国公主质雪国，换来吹雪不错过。

千年无雪已大错，阿哈怎敢到火国？

大　王：火国大王他不敢，怕我神兵闹翻天！

王总是自信的，要不怎为王？天下之王都知道自己是怎么去的，草民才知晓自己如何来。大王和草民这辈子只在一点上一样，就是都不想去。那哪行，一个个都不死上帝可照应不过来，何况挤着那么多等候投胎的呢！

一个侍卫匆匆而来，带着风急跪禀报。

侍　卫：禀告大王，火国火军到城下，不见启程送阿哈！

大　王：（笑）阿哈？啊哈！啊哈哈！

侍　卫：万支火把映红天！

大　王：快拿我的降龙扇！

侍卫听到了，却不动，也不敢抬头看王后。

大　王：去拿！

侍　卫：降龙扇在王后宫，阿哈持扇已远行！

大　王：（怒）什么？

大王拔出侍卫身上的剑，一剑刺穿了侍卫。在王的眼里，人命不过是一条虫，想杀即杀，比放个屁还痛快。杀了侍卫，他又挥剑指向了王后，先闭上了自己堆满皱纹的老眼。

大　王：女人，女人，个个要命追魂！

王后慢慢地跪下了，泪流满面，降龙扇给阿哈是瞒不住的，她也没想瞒。王后本是水国公主，几万年来水国与火国都是水火不容。水国大王不仅亲送公主到雪国，还带来了降龙扇，愿与雪国成一家。雪国之雪融化还润了水国的河，带回去了十万壮男，抵抗火国。

王　后：大王，阿哈去火国本是一场祸，你杀彩霞更难躲过，降龙扇献火国不容选择！

大　王：阿哈去火国本无归，你还幻想他能回？蠢货！

大王把剑扔下，他还舍不得杀王后，可是怒火难消，他只能大声吼叫。

大　王：(叫）法斯库！法斯库！

法斯库似疾风而入，单膝而跪。

法斯库：父王！

大　王：火国火军到城下，为何不是护阿哈？

法斯库：十万火军到城下，火国要把父王拿！

大　王：什么？

法斯库：父王一怒杀彩霞，火国要把父王杀！

大　王：笑话！

法斯库：父王快拿降龙扇，一扇火军到天边！

大　王：天下女人个个蠢，还都以为是女神！

法斯库：母后把扇给阿哈，怎抗火军到城下！

大　王：拿下！

众武士冲进来，围住了王后。

大　王：杀！

法斯库跪下，他在与天甲、地乙搏斗时受了伤，大王没有看出来。王只看想看的，不想看的都不会入法眼。

法斯库：父王息怒！这事也怪法斯库！我该劝阻！母后、母后快快使魔法！

大　王：王后一心在阿哈！退军要靠曼陀拉！

曼陀拉？曼陀拉！

曼陀拉被关进了天牢，大王给忘了。王只能记住要做的下一件大事，做过的都容易遗忘。

天牢里，中间隔着虎骨栅栏，曼陀拉拖着僵硬的身体，看着天牢的顶，一道高悬的窗，连鸟儿也飞不出去。曼陀拉的神鸟被高高挂在空中，一直在飞转，怎么也挣脱不了，它被法斯库用魔法所困。

曼陀拉：我们的王子阿哈，

被驯养成一只羔羊，

心地善良，

总是不声不响。

多希望你是一只虎狼，

何必仰望天堂！

我们的王子阿哈，

走出爬满青藤的围墙，

雪国无雪，

触动了阿哈的心肠。

这一去就是远方，

那里没有诗，

有的只是烈火一场！

我们的王子阿哈，

在这广袤的雪国土地上，

蚯蚓没有学会鸣唱，

像蝴蝶失去花儿一样悲伤。

我听见布谷鸟声声悲怆，

在深深的山谷回荡。

我们的王子阿哈，

做梦都带着声响，

透明得

像一块玻璃。

阿哈，你就是雪国的一幅画，

高悬在百川之上。

法斯库来了，挥手一点，曼陀拉不会动了。木鸟发出惊恐的尖叫，法斯库再施魔法，木鸟也呆呆地吊在了空中。

法斯库转回身，弯腰躬身，礼让王后。王后被大王囚了，王从来不囚自己，因为从当王时已被天下所囚，王是不知道的，天甲知道。天甲知道天下最傻的人就是王，可大王总以为自己最聪明，这事全天下无人敢议，除非脑袋不想在肩上。

法斯库：我亲爱的王后，这儿本不该是你待的地方。何必惹怒父王，我比母后还悲伤！

王后走了进来，她的身上只剩下宽大的雪衣，两边开裂，时隐时现她白皙的玉体。她表情呆滞，脸上的泪痕无法抹去，慢慢抬起手，指着法斯库。

王　后：法斯库，你死的时候有谁会为你超度？罪恶的灵魂把你捆住，还不快快省悟！

法斯库眼睛在王后身上上下前后移动，以魔鬼的步伐围着王后转圈，从两边掀起王后的衣服，难抑激动。

法斯库：**我喜欢，**

女人的柔软。

柔软，

也是一把锋利的剑。

王　后：你浑蛋！

法斯库哈哈大笑，计划正在得逞，好开心，他为王后鼓掌。

法斯库：我喜欢王后的调皮样，你是这般成熟丰满！魔鬼老王赏了我一堆青瓜蛋，一个个还没发育完全，都已经不相信爱情了！没有人知道她们到底想要什么，一个个只想上天！

王　后：你蛊惑大王，让阿哈火国往！阴险歹毒，豺狼心肠！

法斯库：王后太夸张！法斯库生下时像一只小羔羊，风里来雨里往，被大王抛弃在荒岭上！那里有虎，有狼，法斯库在虎狼群里成长，没死已经是个奇迹，你们不都讲，苦难是财富吗？哈哈，那我就是雪国大王！

王　后：痴心妄想！

法斯库：我爱你这熟透的模样，做我的王后龙凤呈祥！

木鸟突然一声惨叫，呱呱呱，法斯库吓了一大跳，王后大笑。

王　后：**你可知道，要想得到，**

你得有那福报！

德不配位，

给你什么也坐不稳！

强得而来，

没有一个能做好！

爬得太高，

更是个个命难逃！

法斯库拿起箭欲射木鸟，又放下。

法斯库：这只鸟我有用，曼陀拉在我手中！

王　后：你勾结火国夺土地，敢把大王蒙鼓里！

法斯库收起箭，再次围着王后转，心猿意马，得意扬扬。

法斯库：女人总是醒来的时候才聪明，却一次次地上错床！美女，哪个敢对天发誓从来没有上错过床？如果还没有，也正在上错床的路上！

王　后：瞧你这尿样！我把你挠成门帘、拧成麻花、剁成肉酱！

法斯库又一阵大笑，忽然收住。

法斯库：**王后，不要悲伤。你知道**

法斯库曾经是一只孤单的羔羊。

多少个夜晚，

王后也是一个人凝望月亮，那一晚

是我抚平了王后的悲伤，就在小龙女

被大王杀死的地方……

王　后：法斯库，你倒是充满了幻想！

法斯库：**阿哈失去了**

未来的地址。也许迷茫

不属于阿哈，

他那样自信理想，

不知道，理想是一个人

对自己

纠缠一生的诽谤。

王　后：快闭嘴！你这三条腿的狼！

法斯库：女人最流畅的幻想，

哪个女人不爱三条腿的狼？

王后非常悲伤，仰头眺望。

王　后：阿哈！我儿阿哈！母后还能再见到你吗？

法斯库逼近王后，想从王后这里亲自证实流传已久的阿哈的“秘密”。

法斯库：**阿哈的身体到底有什么秘密？**

为什么看过阿哈身体的人都要死去？

老魔王在宫里正上凤床，

盼王子洒鸡汤狗血张扬？

你有福封王后喜气洋洋，

哪知道是龙女好梦一场？

小龙女冤来世夜夜哭泣，

老魔王背后一脚命归西？

百年后再投胎却是阿哈来，

背足迹让魔王无一日自在！

我有命逃狼山王宫归来，

真王子立雪国阿哈滚开！

王　后：你乱雪国想篡位当大王，

杀阿哈在火国客死异乡！

火军围雪国危你欺君罔上，

怜阿哈太忠诚独向火国往！

曼陀拉猛然醒来，直愣愣地朝前走，挣脱了法斯库的魔法，大声惊呼着。

曼陀拉：火！火！火之子是阿哈百炼成钢！

救雪国保母后战火飞扬！

哈哈！哈哈！法斯库耍阴谋像梦一场，

王后，一个多情的女人，与法斯库有染，曾生下一个孩子，叫格临诺森。

在“黑白之昂”系列中她被拖进一场意料之外、情理之中的决斗。

看阿哈因忠诚获重生凯歌奏响!

法斯库取箭欲射，法斯库又直愣愣地栽倒了。

王　后：法斯库?

王后冲向栅栏，被施了魔法的栅栏绊倒，法斯库在王后晕倒之前把王后拥在怀里大笑。

法斯库：哈哈！哈哈！哈哈哈哈！

陆

水国之境。美丽的水国花团锦簇、鸟语花香，一个多彩的世界，温馨舒畅。比起没有雪的冷冷的雪国，水国让人心旷神怡。彩霞姗姗而来，她旋身一转，在溪水畔变幻出了水国公主的衣裳，变成了水国公主的模样，一种温柔的美，亦如天仙下凡。

彩霞心里苦，苦到苦海无边，像水国的海。

她被阿哈用魔法救活，阿哈已经减寿千年，没想到又被法斯库掳走，法斯库也给她施了魔法，只有杀死阿哈她才能拯救自己的灵魂。父王知道了，父王的灵魂进入她的体内，阿哈到了火国让父王看到雪国大王的信，父王的灵魂才能回归，她也才能活下来。

可她怎么能让阿哈到火国杀死阿哈呢！她爱阿哈，不能！她要阻止阿哈到火国，不让父王看到雪国大王的信，可这样父王的灵魂就无法回归，她也得死。必须让父王看到信，阿哈系着她和父王两条命！

她苦，谁能知道彩霞的心里有多苦？不杀阿哈，她和父王都不能活；杀死阿哈救父王，那她也不想活下去了。原来真爱真是要命的。她知道了，爱有甜，更有苦，不甜不苦的就不是爱。彩霞没想到爱的世界会如此纠结，也许生命原本就是纠结的。用无雪的雪国人的话说，人的生命就是拧巴着的，人只有大难临头的时候才会明白。彩霞知道雪国大王的信里写的是什么，杀死阿哈，用火国之火杀了阿哈，阿哈才会死，而且永不归来。

她不能让阿哈到火国，她又必须让阿哈到火国！原来这才是爱的考验，那些挂在嘴边口口声声的爱都是假的，说得越好的越假，说得越多的越假。她明白了，人只有面对生死考验才会明白生与死是什么，那些生生死死、爱恨生死的话语全是假的，远方和诗更假，根本不知何为死，又怎知怎样活？

我想死，

因为我想知道怎样活。

也许这才是诗吧。原来诗一直在心里，用真诚的心才能带到远方。

远方从无诗，只有火，生与死的考验，让天下一切虚伪的浪漫和无病呻吟的诗都见鬼去吧！见法斯库，法斯库就是魔鬼，蛊惑雪国大王。雪国大王真无情，为了一个咒语要杀死阿哈，那咒语真的背在阿哈身上？都说是一个脚印，阿哈背上背着脚印，没有人见过。

彩霞变成了水国公主，同样是美名扬天下的水国公主，阿哈会留下吗？阿哈留在水国就不会死，可彩霞得死，父王也得死，这是上帝给阿哈的考验，也是对彩霞的生死考验。

彩霞看着正在走来的阿哈，心情激荡，既爱，更伤感。

公　主:（吟）**雪国无雪，梦中雪花片片，**

人前有人，眼前人泪花涟涟。

你的世界，我的世界，

爱和怨相伴走过一天一天。

雪国有雪，传说中的浪漫，

人前有人，真诚人好不孤单。

你的世界，我的世界，

爱和怨纠缠走过一年一年。

梦中雪花一片一片融化在眼前，

真想和你一天一天相伴到永远。

一只火鸟从空中飞来，轻盈飘逸地落下，变回人形，一个翩翩美女，挡在了彩霞面前，向彩霞行礼。

火　鸟：公主，火国的好彩霞，

你父王已经知道，

知道你一定会爱上阿哈！

女人，总会为自己的爱

找到理由，不知道

男人一个比一个虚假，

你怎么就相信阿哈？

彩霞凝视着火鸟，心潮起伏，不禁珠泪涟涟。回家，可是天下哪里才是女人真正的家呀？她爱阿哈，父王能接受吗？

彩　霞：火鸟啊，你回去吧！

告诉父王照看好自己，

我不爱阿哈，让父王不要怕。

火　鸟：彩霞就别骗我啦！

火国大王的灵魂依附在你身上，

岂能不知你怎样想？

彩霞莫要阻挡，让阿哈到火国赶快杀死他！

彩　霞：火鸟，怎能杀死阿哈？

阿哈充满了善良，有真爱，

不忍看到一只蚂蚁死去。

有爱的人

才能治理好国家。

火　鸟：真是笑话！看阿哈，

就是一个愚忠的大傻瓜！

彩　霞：没有忠，不忠于子民，

光把守权力，

又如何能治理好国家？

火　鸟：小彩霞，火鸟不懂你说的话！

彩霞，一个深藏不露、拥有魔法的美丽少女，她的真实身份是火国公主，深爱着阿哈。

在“黑白之昂”系列中她再度出现，叫紫怡茹雪，继续上演了一幕幕爱恨生死的故事。

我只是告诉彩霞快快回家！

火鸟一转身变回鸟，飞走了。

彩霞看着飞入云霄的火鸟，深深地行了一个大礼。她知道阿哈就要过来，转身变成了一棵翠柳在河边。

阿哈走来，天甲在左，地乙在右，警惕地护着阿哈。保卫阿哈是天甲、地乙的责任，何况兄妹俩都爱阿哈，一个像亲兄弟一样，一个快要爱断心肠。

阿　哈：**称王者看天下，**

拳拳之心比天大。

称王者理天下，

宽宽之怀比地大。

地　乙：听不懂你说的话！阿哈，我是不是有点儿傻？

天　甲：单相思的女人就是傻瓜！

阿　哈：天甲，这是到了水国之境吧？

天　甲：是的，阿哈！你失去了彩霞，别被水国公主迷惑了！

阿　哈：阿哈没有失去彩霞，她在我心中万世牵挂！

天　甲：阿哈你就扯吧！天下多少人倒在水国公主的裙下！

地　乙：天甲才扯呀！是不是还想听阿哈说治理国家？

天　甲：地乙呀，到了水国你少说话，小心脑袋搬了家！

阿　哈：**天下没有生得伟大的人，**

除非生在帝王家。

天下凡是死得光荣的人，

原本就心比天大。

天甲和地乙听不懂阿哈的话，不知道阿哈说什么，无所谓，一个说两个听就是了。如果三人行都闷头不语，不是各有心事就是各怀鬼胎，要不就是赴战场或者刑场，终究是一个死字，却意义不同。

地乙总感觉有些紧张，甚至害怕，四下打量着，走到柳树前，踹了一脚。柳树有些夸张地摇动，地乙转身抱住了阿哈。

天　甲：地乙，有什么可害怕？害怕就是一只蛤蟆！

阿哈很赞许，轻轻推开地乙，又是有感而发了。

阿　哈：**害怕，是一只蛤蟆。蛤蟆**

穿着丑陋的外衣，

自以为很美。总是瞪着
凸起的双眼，
惊愕的表情，
发出奇怪的叫声，成天呱呱。

你要学会，
把丑陋看成一幅画。

这就是胸怀。没有跟你说
大爱。看蛤蟆
跳来跳去，每天表演
天下最拙劣的舞蹈，
还以为
自己能呼风唤雨。何必
害怕，你若害怕，
蛤蟆就会在你最害怕处
安家。

地乙点点头，好像明白了。凡是不明白装明白的，最后都得把眼睛哭瞎。地乙是一个不会流眼泪的武士，她流血不流泪。

天　甲：阿哈，在柳树下休息一下吧！

阿　哈：天甲，你要回去帮我寻找彩霞！

天　甲：水国全是水妖，柔软得可怕！我怕你被柔软谋杀！

地　乙：天甲净说胡话，柔软怎会把人杀？

阿　哈：**柔软，是最锐利的谋杀，**

多少英雄好汉，

倒在柔软之下。叹为观止，

让生命

成为一幅最郁闷的画。

地　乙：法斯库跟阿哈学了这句话，每次上天台都让我柔软一下，说想看我的阴柔之花，做梦呀！

阿哈无言，走到柳树前爱抚了一下柳树，然后才坐下。地乙挨着阿哈也坐下了，往后一仰靠在了柳树上。

天　甲：我怎么闻到了女人的气息？捕捉到那难言的柔软魅气！

地　乙：现在的男人竟是这种东西，像女人那样跟自己纠缠不已！

天　甲：你是说法斯库吧？他喜欢把自己缠绕，能把头弯向后腰，让王后看个稀奇！

阵阵风儿起，水国的天是美丽的天，如诗如画，更如梦。阿哈站了起来，柳枝轻摆，他如进入梦中，有些激动，走向河边，掬起一捧水，又从手中缓缓地洒落，抬起头，看着远方。

阿　哈：（吟）我喜欢做梦。我的梦

总是带着我远行。有一天

我惊讶地发现，来到

美丽的庭院，看见女人们

一个个美若天仙

梦幻的笑脸。一瞬间

我竟分不出哪边是哪边。

梦是被画出来的遗憾。

在梦中

我不止一次感动，带着

缠绵的果敢。我的梦把爱恨生死

连成一片，我看见
一把剑
在浩瀚的苍穹中高悬。

那是我梦中人持有的剑。
他走来，告诉我
我是他梦中的少年，“跟我走吧！”
他说，带着无限的感叹，
“跟我走吧！”

我迈向了火，却无灼热，
然后我惊醒了，
掐着自己，才明白，
原来我是
梦中人梦里做的梦，跟着他
一意孤行。

我的世界，总能看见

那把高悬的剑，一刹那，

让我泪流满面。

柳树在摇，颤抖，滴下泪来。阿哈擦着落在脸上的泪，不知道是彩霞化成一棵树，彩霞哭了。

天甲感觉不对，拔剑，欲砍向落泪的树，被阿哈一把挡住。

阿　哈：天甲，你为何如此害怕？

天甲不会掩饰，王后让他夺下阿哈的信，不能给火国大王看到，可他怎么也拿不到背在阿哈身上的信。

天　甲：阿哈，让我看看你身上的信吧！

阿　哈：天甲，带给火国大王的信不能打开。雪国有律法，火国也正想一统天下。

天　甲：（喊）阿哈！求求你了！

阿　哈：**律法，是悲怜的孤儿，**

只在罪恶处安家。

律法是一把

无情的剑，冷指天下。

天甲行跪礼，着急又痛苦。

天　甲：阿哈，快看看信吧！

阿　哈：有些秘密，永远不要走近它。因为天下的秘密，终会使人害怕。

天　甲：阿哈，大王会不会要把你杀？

阿　哈：父王要我到火国，取火山顶上的雪莲花，带回雪国把雪下。下雪之日，我会见到彩霞。

天　甲：小彩霞就是一朵罪恶花！

地　乙：天甲说对啦！

阿哈有些激动，忽然感受到了一股芬芳。他四下看着，从怀里拿出彩霞的断衫，闻着，就是彩霞衣衫发出来的香气，天地间一下子到处是桃花，看着都让人醉了。

阿　哈：**看水国阴柔之美桃花醉，**

　　　　闻水国阵阵芬芳为了谁？

地　乙：水国就是诱惑男人的，何况是阿哈！

地乙站起来，四处乱看，拔出剑，曲曲弯弯的柳树一下子不见了，一道城门现眼前。

水国公主站在城墙之上，穿着比桃花还美的衣裳，艳丽芬芳。阿哈认不出那是彩霞，天甲、地乙更不知道。天甲拔出锋利的剑，被阿哈挡下，阿哈向水国公主行大礼。

阿　哈：我是雪国的阿哈，原谅我惊扰水国城下。

水公主：你就是阿哈？水国公主见过了！

阿　哈：你是水国公主？阿哈在城下有礼了。

水公主：我问你阿哈，因何到水国城下？

你想明白了？不再悄悄爱彩霞，

到水国要把公主娶回家？

我马上给父王传话迎阿哈！

阿　哈：公主请慢！阿哈不是见公主，只是想借水国的路。

水公主：借水国路阿哈往何处？还在怀念火国的公主？

火国公主有多好看？不见本公主在眼前？

阿　哈：水国公主胜花仙，不在阿哈心里边。

父王命我送封信，寻找火国一雪莲。

水公主：水国为何要借路？敢问你阿哈哪里是归处？

阿　哈：来来去去走一回，生命就是一粒尘土。

水公主：这尘土，用什么才能把它凝固？

阿　哈：问公主，尘土何必要凝固？

天下所有的凝固多悲楚。

水公主：说悲楚，悲楚用什么来超度？

阿　哈：悲楚用时间来超度，幸福自有天意归处。

地　乙：什么呀！你快开门吧！小心我一剑把你杀！

阿　哈：地乙莫说话，公主定会放阿哈。

地　乙：她是要把你拉回家，留在水国做驸马！

水公主：小妹妹你说对啦，公主奉命留阿哈！

地　乙：天下的王都是睁眼瞎，看不见地乙爱阿哈？

好人难出帝王家，除了我的小阿哈！

阿哈再行大礼，情深义重。

阿　哈：谢公主放过阿哈。

水公主：我父王是要把你真留下，你可知你父王是要把你杀？

阿　哈：父王不会杀阿哈，我担使命走天涯！

地　乙：谁不知道你是为彩霞！太好了，火国公主已死啦！

阿哈跪下行大礼。

阿　哈：水国公主放阿哈，今生今世爱彩霞！

地　乙：你真傻！

天　甲：不傻能叫阿哈！

啊哈？啊哈！阿哈就是个笑话！

天甲一下从阿哈身上夺下羊皮信，挥舞着打开，惊讶得呆住了。

天　甲：（呼）杀死阿哈！

地　乙：（惊）什么？

水公主从城上飘然而落，向阿哈行水国之礼。

水公主：阿哈，看到信你相信了吧？你父王要杀死你！

地　乙：（喊）天哪！

阿哈再行大礼。

阿　哈：即使父王要把阿哈杀，阿哈也要取到雪莲花！

水公主：你真傻，留在水国成驸马！

地　乙：（喊）他心里只有那个死彩霞！

天　甲：阿哈阿哈你太傻！还去火国找死呀？

地　乙：阿哈不会说假话，一心一意救彩霞！

天生浪漫情无价，一身透明大傻瓜！

水公主：雪国王子无盔甲，清澈双眸看天下。

唇红齿白吐真话，冰清玉洁人人夸。

地　乙：冰清玉洁？你看见啦？

彩霞有所触动，她只是变成了水国公主，父王的灵魂在她的身体里，还要考验阿哈对彩霞的情与爱是真是假。

水公主：**阿哈来到水国疆土，**

你看那蝴蝶飞飞起舞，

没有花香，

它将飘零到何处？

阿　哈：心上一朵花，美丽传天下。

爱花要护花，深藏谁人家？

水公主：只要你自信，何处无花香？

放眼望一望，哪朵在心上？

地乙很得意。

地　乙：那还用讲！

天　甲：把嘴闭上！

阿　哈：天甲地乙莫无礼，阿哈深谢公主意！

水公主：（吟）**万里迢迢去火国，**

阿哈要从水国过。

千辛万苦火国往，

水国百灵唱起歌。

天甲、地乙兄妹二人奉雪国国王之命护送阿哈赴雪国，哥哥天甲对阿哈的愚忠感到愤怒，妹妹地乙则深爱着阿哈，兄妹俩一路纠结缠斗，当阿哈涅槃之后，天甲和地乙在雪国城门前变成了一对石狮子，忠诚守护雪国。

在“黑白之昂”系列中兄妹俩再次苏醒，又开始上演一幕幕惊心动魄的悲壮故事。

一唱阿哈天真多，

二唱阿哈真诚拙。

三唱阿哈心头热，

四唱阿哈泪成河。

阿　哈：水国公主真情谊，阿哈这里行大礼。

水公主：阿哈莫要火国去，取花败露大秘密。

　　　　天甲地乙先回去，阿哈水国享天地。

地　乙：不可以！

阿　哈：我向公主赔大礼，原谅阿哈要离去！

水公主：阿哈真是好无礼，水国之兵封天地！

　　　　只因公主太爱你，阿哈难过水国地！

地　乙：真是稀奇！

水公主：火国大王已传话，你到火国必遭杀！

　　　　忠诚有度别犯傻，你父王杀你在天涯！

阿　哈：我谢公主真情意，莫怪阿哈火国去。

水公主：阿哈来世像传奇，你的身体有秘密！

阿　哈：阿哈身体无秘密，只因父王多猜疑。

何人来世不传奇？造人只因一场戏！

水公主：阿哈莫要再彷徨，天下生命都慌张。

父王送你金权杖，留在水国做故乡。

阿　哈：阿哈不要金权杖，一片真诚火国往！

风骤起，一下天昏地暗。水公主不见了，一根金光闪闪的金权杖从高空落下，空中传来火国大王粗犷浑厚的声音。

火大王：阿哈执意火国往，大王赐你金权杖！

保你水国平安过，怎过冰国你主张！

阿哈手持金权杖，跪下。

阿　哈：大王赐我金权杖，冰国顷刻变汪洋！

苍天难拦火国往，男儿一死也担当！

响起惊雷，风卷残云，阿哈站不住，被风吹得飞了起来，天甲、地乙使劲拉，暴雨如注。

彩霞的衣衫变成了一把伞，遮挡住阿哈，而且有一道光，照着地乙和天甲。

柒

冰国，冷，天寒地冻。冰国之门是一座浩旷的山洞，冰凌高悬，像一支支随时会射下来的箭。

冷艳的冰女王长相霸气，人也霸道，一看就是个不好惹的苦主，嚣张。一群男女随着冰女王跳着冰国之舞，激烈，如果不这样狂舞，像是随时会被冻死一样。冰国这情景一看就让人无法接受，活在冰天雪地里的冰国人个个冷酷无情，而且毫无遮掩，冰女王是一个冷酷无情的女王。

长得棱角分明、杀气外露的武士各带冰器，围绕着女王。

冰女王：要想当好一个王，必须放弃一些理想！阿哈救不了雪国，大王为消灭咒语自有主张！雪国大王为了自己活下去，必须让阿哈死在火国的图腾里，才能毁灭身背的咒语，我冰国怎能放阿哈过去！

冰国女王看着远方，等待阿哈，已经看见了正在赶来的阿哈，掩饰不住激动。

冰女王：**天下流传阿哈的秘密，**

阿哈有着

冰清玉洁的身体。看他

唇红齿白，五脏六腑

酝酿着

陶醉女人的呼吸。

阿哈就是投胎转世的龙女，

美少年是天下的一个奇迹！

我渴望

爱抚你的呼吸，捧住你

眼神里的每个遭遇，收下

你甘露一样香的液体，

柔软和坚硬

总是纠缠不清，尽享

人的原型。我要亲吻

你的灵魂，

揉碎你的声音，像万丈冰川

死在蓝天，流淌出

生命的柔软。

响起冰号的声音，声脆，声冷，如冰凌刺骨。冰国人一个个像冰坨塑在地上，响起威严的吼声。

冰女王威仪而立，像一尊冰雕。

阿哈手持金权杖走来，天甲、地乙紧随左右。

阿　哈：**走过了水国百丈的川，**

看见冰国无尽的寒。

冰雪原来是天地绝美的图案，

晶莹剔透，

原来是一把锋利的剑。

阿哈捧起冰，寻找光芒，他挥舞了一下金权杖，果然看到一束光。

他拿着冰对着一缕阳光，思绪飞扬。

阿　哈：你看这晶莹剔透的冰粒
七种色彩，在太阳下
闪现出旋律，舒展的游离。

我相信，冰粒
有属于自己的秘密，隐藏着
上帝的话语。

冰粒，破碎后的独立，
谁能解读
你这寂静无声的冰语？

冰语，是不是失去
才真正地拥有你？融化是死亡
还是新的生命，
谁能告诉我冰语的秘密？

天　甲：阿哈，快快停止你的浪漫，

我们已经走进冰国天地！

地　乙：阿哈是如此神奇！纯洁透明的双眼

让没有生命的一切

有了令人陶醉的呼吸！

阿哈

你是否听见了冰语？冰语说得惊天动地：

我爱你！

地乙从阿哈手里抢过冰，对着光看。

天　甲：真受不了你！地乙，你能不能醒来

活得明白？快快把你倒霉的话语收起！

说什么我爱你，

这是上帝赐给人类最无耻的语句！

阿哈摇摇头，对天甲的话好无奈，对地乙的爱更是好无奈，四下看着。

阿　哈：**看不尽的冰寒一片，**

读不透

冰寒里深藏的缠绵。

天地间冷峻的脸，

有谁知道?

如此强硬的信念，

像星星缀在天上银河，

雕刻出

唯美的爱与恨图案。

天　甲：爱情不过是狗屎一泡，

踩到的人会发出声声尖叫！

白杨对蓝天倒是一爱到老，

枯死在大地上有多么好笑！

地　乙：这里鸟不鸣、鸡不叫，天地无声响，

天地如同死了一样！

我问阿哈，

沉默可也是一种张扬?

阿　哈：**沉默确实是一种张扬，正如**

你拥有的时候就已经意味着失去。

天　甲：管它沉默还是张扬，阿哈已经拥有了金权杖！

阿哈四下看，走到冰雕似的冰国女王前，指着一动不动的

冰女王，摇摇头。

阿　哈：我知道，你被赋予了一种权力。

权力会让人变得胆大。

要相信，权力会让人变成一个

拿着剑的傻瓜。被夸大了的荣誉

穿戴上了以责任名义的盔甲，

便不由自主地张扬天下。

要知道，你的权力并未使人害怕。

你的盔甲下面罩着空虚，

莫以为权力让你拥有了智慧，

言语激烈，看似果敢，

要知道，哪有人能用盔甲征服天下？

亲爱的兄弟，记住我的话：

自以为是，才是天下最丑恶的可怕！

到头来，回想穿戴盔甲的时光

像一场梦一样，终会后悔不已。

你羞愧到死的悲哀，天大地大，

却不敢抬起头，

看一眼本该也会属于你的彩霞。

权力是一种温柔的撕裂，

你怎会看到天地间最美的图画？

权力把你武装成了一个傻瓜，

不识人间烟火而成为臭鱼烂虾！

冰女王很生气，大吼了一声。

冰女王：阿哈！

这一吼把天甲、地乙吓了一跳，慌忙拔剑，却不见人。

冰国女王快被气炸了！阿哈这话语让她无地自容，可还是想再打探一番流传天下的阿哈，这英俊少年不仅有冰清玉洁的身体，更有着天才的主张。她想知道更多，又忍住了一动不动。

地乙拍着胸脯，收了剑。

地　乙：吓死我了！

走进冰国肯定就是一场祸！

是福不是祸，是祸躲不过，

我可别泪流成河！

天　甲：我听说，冷艳绝美的冰女王，

把天下俊男像宠物一样饲养。

一年三百六十五天

恨不得三百天酥软在床上！

冰女王

必是知道了阿哈要向火国往，

会不会吃腻了冰国一群英雄榜样

想换一换口味，

把阿哈当成一道甜美的汤？

地　乙：骄狂淫荡的冰女王，要挑选天下第一男人

设立成冰国偶像！天下的俊男猛男呆男傻男

都在向冰国往，爱这个富婆娘，

誓把吃软饭当成伟大事业，还吃得荡气回肠！

冰女王：（急了，颤抖着叫喊）杀——

众冰坨：（未起身，个个颤抖）齐呼着杀——

冰女王：把这小娘儿们给我剁了去喂狼！

众武士跃起，冰花四溅，挥舞着冰器嚣张地扑向地乙。

阿哈挥舞金权杖一扫，所有冰甲都呆立不动了。

地乙又惊又喜，还真是一根“金权杖”。水国大王留给阿哈的神器，这是拦不住阿哈倒要助阿哈呢，水国大王可别使了法，让持有金权杖的阿哈一下就回到水国做驸马！天甲要夺下阿哈的信，而地乙一定要夺下金权杖，到火国之前，两样东西都要摧毁了！

阿哈单膝跪下给冰国女王施礼。天甲捅了地乙一下，地乙也随天甲一同跪下。

阿　哈：见过大王。

冰国女王怒气难消，却对阿哈手中的金权杖无奈。女人总是坚持自己的，比男人更有耐性且善于坚持，还气势汹汹。

冰女王：雪国的阿哈哪里往？闯我冰国好张扬！

阿　哈：**尊敬的王，**

阿哈只是火国往，

借道冰国恩难忘。

路宽只三尺，
路长十万丈，
请让阿哈走异乡。

尊敬的王，
阿哈不敢有异想，
一心一意为担当。
心怀一片忠，
恩字不能忘，
叩谢大王圆理想。

女王哈哈大笑，好一个“担当”，好一片“忠心”，好一个“恩”字，哪有这么傻的人啊？居然真有，就在眼前，他叫阿哈，果然是阿哈！她忽然收住了笑，用戴着冰戒指的纤细手指，指着不可理喻的阿哈。

冰女王：阿哈话语动心肠，担当二字天下扬！
透明的阿哈受人敬，忠诚的阿哈女人想！
真实的阿哈让人惊，感恩的阿哈费思量！

冰国女王越发激动，旋转着身子，冰花像刀如雨般落下，阿哈挥舞着彩霞的衣衫变成伞，护住地乙和天甲。

阿哈护过天甲、地乙后，向火国女王再行跪礼。

阿　哈：阿哈要向火国往，借路冰国去他乡！

　　　　感谢大王恩德美，今生今世永不忘！

冰女王欣喜地看着阿哈，春心荡漾。

冰女王：天赐阿哈新使命，快随本王回王宫！

　　　　玉腿高悬挑明月，细听娇女呻吟声！

　　　　呼吸交织双溪汇，枕边黑发起风云！

阿　哈：阿哈难从大王命，请放阿哈向西行！

冰女王：拿下阿哈冰国亡，不理朝政守温床！

　　　　放走阿哈天地伤，天赐之宝落他乡！

　　　　放下你的金权杖，细听本王把话讲！

　　　　你王要你头落地，何必火国摆道场？

阿　哈：女王要我金权杖，威武治国霸主张。

　　　　爱民才是行天道，手握权杖必疯狂。

冰女王：好个阿哈有主张，手持权杖火国往！

　　　　火国之火烤冰国，水国之水再荡漾。

妄想！

天　甲：阿哈何必再多讲，赶紧使出金权杖！

地　乙：阿哈挥起金权杖，把这老鸡炖鸡汤！

冰国女王大怒，阿哈起身，扬起金权杖，女王欲施法，全然出不来，干着急。

阿哈挥舞金权杖，释放了冰甲。众冰甲动了，欲攻阿哈。

冰女王：退下！

有两个冰甲不听，挥着冰器冲向阿哈。女王对冰国冰崽的魔法依然是有效的，挥袖即杀，斩杀了两个冰甲。众冰甲一阵慌乱，拽着两具僵尸退下。

冰国女王走向阿哈，使劲儿闻着阿哈，醉了。

天　甲：冰女王果然冷酷无情，得不到就毁灭，天理难容！尔等天地间如此发疯，待天甲把冰国杀个胆破心惊！

天甲拔剑，阿哈相拦。

阿　哈：天甲！

地　乙：阿哈不要一意孤行，天地间也难容你的愚忠！

阿　哈：地乙莫要意气胡来，天地间当有天理常在！

天　甲：看冰国有什么天理常在，让天甲杀他个地裂天开！

冰女王：阿哈算明白，到火国雪莲花可会为你开？

阿哈举起金权杖，金权杖发出光芒，阿哈语重心长。

阿　哈：有人读了纵横权谋之书，

就盼望着天下大乱可逞。

通晓兵法的人持剑妄行，

有几人不是渴望战争？

冰女王：乱世出英雄！

阿哈摇摇头，放下金权杖。金权杖不再有光，真诚地看着冰国女王。

阿　哈：古人云，手持利器

难免杀心骤起，要知天下行

首当自重。阿哈西行

会有冰国之险，也有水国之情，

可阿哈绝非英雄。

冰女王：何为英？何为雄？

想听阿哈论英雄！

阿　哈：聪明出众称为英，

胆力过人视为雄。

冰女王：阿哈是一个少年圣人，

才思泉涌，敢论英雄！

冰国之大，博爱有加，

阿哈为何执意西行？

阿哈向冰国女王行礼。

阿　哈：莫说哪个国大，自有天大地大。

苍天自有神灵，大王理应自重。

阿哈并非少年圣人，也不敢

自以为是年少气盛。孔子云，

天下之人分为五等，

阿哈充其量不过是一个士人。

冰女王：何为士人？怎分五等？

阿　哈：古人云：

没有坚定信念，为人处事

不知善始善终，远君子而近小人，

做事不能量力而行，

随波逐流，目光短浅，

此人为庸。

古人云：

有信念守原则，虽不能

把握万物根本，但做事执着认真，

富贵不能给他增加什么，

贫贱不会对他有什么损失，

即为士人。

古人云：

内外和谐，忠诚坦荡守信，

自强不息，正道直行，

为人处事看来平平常常

并非高不可攀，但要真想超他很难，

乃君子品行。

古人云：

品德合乎法度，言行足以为天下效仿

而不伤及自身，道德足以教化他人

却绝不损害国家，

能使百姓富有，乐善好施

使他人解脱疾苦的是贤人。

古人云：

天下难得一圣人，道德与天地融一体，

通晓自然与人类真情，

启迪一切生灵的自然之性

升华为个人秉性。

道德如明月，行为如神明，

芸芸众生不解他的崇高品德，

即使看到许多，

也不解其浩大德行所在，

才可称为圣人。

冰女王：听阿哈高谈阔论，你可知如何治理国家？

阿　哈：阿哈不知如何治理国家。

自幼在书房，博览天下之不同。

东方的老子说，

用正常平易的方法治国，

用出奇变异的计谋用兵，

用无为的政治取天下，

是治国良方。

我敬仰荀子的主张，

荀子言，做君主以善于管理别人为才能，

普通人以自己能干为才能。

西汉的刘邦说，运筹帷幄之中，

决胜千里之外，他不如张良。

定国安邦，安抚百姓，供应军需

保证粮道通畅，他不如萧何。

统领百万大军，

战必胜，攻必克，他不如韩信。

三人都是西汉开国的精英，

刘邦善用三君，

是西汉夺取天下的根本。

冰女王，一个美艳无情的女人，想把阿哈留在冰国，未能如愿。

在“黑白之昂”系列中她会再次出现，搅得天翻地覆。

知人，是君道。

知事，是臣道。

知己，是人道。

大道无形，是万物的主君。

善行天下，乃做人的根本。

冰国女王大笑。

冰女王：我是不是疯了？听你这小阿哈论什么做人治国！

阿哈又行大礼。

阿　哈：王在上，阿哈只是一说，岂敢论治国。

冰女王：可我想听听你怎么说！要不休想过冰国！

阿哈莞尔一笑，怕失礼，儒雅一拜，真心奉言。

阿　哈：古人云：

鼓不干预五音

却能统领五音。一官之任

是以一味调和五味，

所以

国君以善于用人为才能，

臣下以胜任职责为才能；

国君以善于听取为才能，

臣下以善于进言为才能；

国君以赏罚得当为才能，

臣下以身体力行为才能。

行君道、臣道和人道，

才能统领有才能的人；

国家富强，百姓安康，

天下才可见国家昌盛。

忽然一道灵光，天地间发出巨响，阿哈腾空而起，天甲、地乙随着升空而上。

冰国女王一转，现出彩霞真身。

阿　哈：（呼）彩霞？你是彩霞？

彩霞跪下，向火国方向行大礼。

彩　霞：父王！我的父王！彩霞知错了！快让阿哈往！

传来火国大王嗡嗡作响的声音。

火大王：人言人行哪里往，自见天地有主张！

捌

树国。树国精灵顽皮嬉闹，猴耍狼跳。一阵黑风旋来，猴狼四散，是法斯库来了，一副怒不可遏的样子。

法斯库：阿哈惊天大秘密，他的身世太传奇！

火军有我一奸细，火国大王有把戏！

雪国大王蒙鼓里，我也是个大逗比！

阿哈岂能火国去，杀死阿哈在这里！

一只神鸟飞来，法斯库举弓射箭，神鸟落地。是曼陀拉，胳膊受伤，踉踉跄跄，血流不止。

法斯库旋身一转，变成一个窈窕少女，身穿两边开衩的衣裳，性感小娇女，快要赤裸身体了，上前扶住曼陀拉。

小娇女：这位好哥哥，怎会到这里？

曼陀拉：我在追逗比，看他哪里去！

小娇女：哥哥好勇敢，追风到树国！

曼陀拉：这树国好浪漫，大树全朝天！

小娇女：哟，你们家大树朝下呀？

曼陀拉：柳树自朝下，杨树才指天！

小娇女：你烦不烦？在这儿胡纠缠。

曼陀拉晕厥，倒在地上。

小娇女：哥哥快起来！

曼陀拉：哥哥起不来！

小娇女：给你吃口饭？

曼陀拉：不饿！

小娇女：哥哥喝口水？

曼陀拉：不渴！

小娇女：呀，那边来了个熟女！

曼陀拉：扶我起来！

小娇女：你可真是找死呀！

天上飘来美丽的云，小娇女忽然哭泣。

曼陀拉艰难地站了起来。

曼陀拉：小妹因何哭泣？

小娇女：我被男友抛弃，全天下男人都不是东西！

曼陀拉：看你还没发育全，怎么就不信爱情了？

小娇女：我看你才是大逗比！敢不敢跟我斗谜语？

曼陀拉：出题！

小娇女：树上的樱桃千百颗，敢问哥哥有几个老婆？

曼陀拉：一个！就这一个已经实在太多，她早晚定会气死我！

小娇女：什么车无轮？

曼陀拉：风车！

小娇女：假的好不好？

曼陀拉：不好！

小娇女：错！那魔术怎么办？

曼陀拉眨着大牛眼，无语了。

小娇女：真的好不好？

曼陀拉：好！

小娇女：你又错！真假该怎么说？

曼陀拉很生气，抽了一下自己。

小娇女：什么最红？

曼陀拉：花最红！

小娇女：什么最好？

曼陀拉：女人最好！

小娇女看着他，曼陀拉赶紧改口。

曼陀拉：你最好！

小娇女：世界上什么最坏？

曼陀拉：法斯库最坏！

小娇女：什么？

曼陀拉：是我糊涂，你又不识法斯库！

小娇女：世界上什么最快？

曼陀拉：光最快！

小娇女：你这个大笨蛋！

曼陀拉：难道不是光最快？

小娇女：你真的不明白，什么比光快？

曼陀拉：还有什么比光快？

小娇女：曼陀拉就是一头猪，雪国第一大迷糊！

　　　　脑子不转老顽固，看谁把你来超度！

小娇女一点，曼陀拉变成了一块石头。美丽的云飘落，阿哈和地乙、天甲现形。

阿哈施礼。

阿　哈：我叫阿哈，来自雪国，

去往火国从此过。

小娇女：你看见什么会泪成河？

阿　哈：人无真诚泪成河。

小娇女：世界上什么最坏？

阿　哈：装模作样的人最坏。

小娇女：世界上什么最快？

阿　哈：心最快！

小娇女：怎么说是心最快？小阿哈是个睁眼瞎！

阿　哈：只有心最快，你要去哪里，一瞬间就可以到达。

小娇女：小样儿，就不信难不倒你！

小娇女变成小妖女，张牙舞爪。

小妖女：冰国有道，水国无形，

树国里可全是妖精！

答不出来你得死，

誓死也不改初衷？

阿　哈：到火国求得雪莲，解救雪国百姓。

小妖女：还有爱情吧？

阿　哈：还有爱情。

小妖女：你做美梦！

小妖女很生气，变身小妖女的法斯库很生气，扭了起来，似隐似露的身子，太诱惑。树国是阿哈到火国的最后一关，死亡陷阱，答不对题必被杀，成为树妖的肥料。

小妖女：阿哈要想到火国，两道谜题要你破！

若有一道你答错，人头落地血成河！

地　乙：你个妖怪小逗比，敢拿阿哈做游戏？

一剑封喉没呼吸，小命归天无处去！

天　甲：地乙不可这么说！此乃天法无过错！

难倒阿哈信归我，一日千里回雪国！

地　乙：雪国大王更逗比，杀死阿哈似游戏！

我要护好金权杖，陪我阿哈走四方！

阿哈明白天甲、地乙怎么想，怎么想不重要，能不能做到才是关键。天下人的想法一个比一个多，能实现的很少，何况这里是树国，精灵古怪，都乃护法使者。树国不能硬闯，遵法才能入火国，因为这里是火国之门，上帝的造化。最小又是最残忍暴烈的树国挡在冰国与火国之间，怎会不是上帝的安排？

阿　哈：护法女神请出题，阿哈一定守规矩。

遵守天道天下理，对错死活显天意。

小妖女：树丛之中一孤坟，坟前跪拜有二人。

二人本是亲姐妹，哭号坟中一孤魂。

姐姐哭妹冤屈死，妹妹哭兄命无情。

三人本是同母生，无人哭错在坟茔。

姐哭妹来妹哭兄，三人关系讲分明！

阿哈明白了，一座坟里埋着一个人，两个亲姐妹来哭，一个在哭妹妹，一个在哭兄长，而且都没有哭错，姐妹俩哭的是同一个人，一个唤妹、一个哭哥。

阿　哈：你出此题不离奇，姐妹三人有关系。

姐姐哭妹冤屈死，只因姐姐凡家女。

妹妹哭兄未叫错，只因二人同门弟。

三人虽是同家女，平凡超俗各东西。

孤坟埋在树丛里，血脉之情感天地！

天　甲：原来是这样！

地　乙：不是出家人难晓此知识，小妖女你继续讲！

小妖女见第一题没有难倒阿哈，不怕，第二题必要难倒阿哈！阿哈必须得杀，火国火军在雪国城下，只等阿哈的消息。总之是要攻城，法斯库知道两个结果，一个是杀死大王他为王，一个是火国占领天下，他得死！

法斯库必须尊天道敬天意，因为有上帝！

必须难倒阿哈杀死阿哈，火国火军才会助他为王。能不能成为雪国大王都是上帝的安排。他知道阿哈聪明，却是愚忠，必是解不开他出的必杀题，关于“十字花”的秘密。

小妖女：你个小阿哈！什么让你变得如此胆大？

是因为你透明得让人害怕，

还是因为金权杖在你手里拿？

金权杖，好一根坚挺的硬棒！

哪个大王把国家的生殖器四处张扬，

甚至不做一点伪装？

阿　哈：每个人都有信仰，国家也有主张。

火国大王赐我金权杖，怕我无法回故乡。

小妖女：你父王命你火国往，阿哈还想回故乡？

荒唐！此一题必让你血溅四方！

阿　哈：阿哈正在学习走出故乡，

从雪国到火国千阻万挡，

阿哈只看作是一路阳光。

小妖女：我看雪国大王空有主张，

坐井观天癞蛤蟆一样！

阿　哈：护法使者怎么像小妖女？你岂可如此嘲笑？

小妖女学着雪国大王的样子。

小妖女：步履蹒跚双腿老，却以为是天地摇！

蒙眬双目无处撂，只剩雄心空悲号！

好笑！

天甲拔剑，小妖女一挥手，一道光将天甲击倒。地乙要冲，被阿哈拦住。

阿　哈：来来往往生命忙，各有归处不慌张。

小妖女坐在石头上，也就是法斯库坐在了曼陀拉身上，看着阿哈。

小妖女：听说阿哈有秘密，秘密藏在你身体？

阿　哈：阿哈身体无秘密，只因父王太珍惜。

左言右语因好奇，守住阿哈成秘密。

小妖女：雪国女人为你迷，阿哈已成大传奇！

阿哈忽生伤感，看着远方，他的故乡。

阿　哈：不明女人何道理，阿哈自幼多遭遇。

出生那天大风起，漫天大雪无边际。

父王感动多哭泣，泪流满面谢上帝。

子民不解父王意，言传父王悲自己。

父王爱我明如镜，亲情大爱感天地！

小妖女跳起来，走近阿哈。

小妖女：女人近你得美丽，才有彩霞命归西！

女人因你春梦起，王宫草房个个急！

女人要你春常在，管它南北和东西！

女人为你献自己，可怜阿哈不知趣！

阿哈行大礼。

阿　哈：不明此话何道理，快放阿哈火国去。

小妖女：阿哈你要听仔细，此题没有高和低！

众人与你同看花，天下第一大难题！

阿　哈：请讲。

小妖女一挥手，小猴子们簇拥着彩霞而来。彩霞被法斯库施了魔法，魂魄已经不在，失神而来。

阿　哈：彩霞？

阿哈迎上去，被小妖女挡住。天甲、地乙欲上前，法斯库施魔法用光把天甲、地乙阻挡。

小妖女：你眼里只有彩霞，好可悲的阿哈！

天下有的是女人花，何必苦苦恋彩霞！

阿哈拿起金权杖，却无法力。

小妖女：（笑）收起你的金权杖，到了这里无法场！

一声鼓响废天甲，二声鼓响地乙慌！

三声鼓响题不破，三人一起把命亡！

阿哈激动地迎向彩霞。

阿　哈：（急）彩霞？彩霞！

小妖女：告诉你了她不是彩霞，是我的谜题在这里摆下！

你要把她身上的十字架看开花，你就可以到火国啦！

天　甲：阿哈！快把信给我！不能去火国！

地　乙：阿哈！此题是大祸！赶快回雪国！

小妖女施法，彩霞软软地欲倒。众猴接住彩霞，抬起她放在一个死了的老木墩上。

小妖女一边向阿哈手舞足蹈地出题，一边从枯树上折下两根细小的树枝，折断，然后将四个断接处对摆在彩霞身上，再挥手，出现了很多猴子，树上树下到处都是，围住了彩霞，看她身上用折断的树枝摆成一个十字架。

小妖女：动眼不动嘴，看折木对摆两相对。

动手不动口，看折木变化悄悄走。

十字花开，折木舒展好自在，

十字花开，梅花一朵报春来！

阿　哈：阿哈不明白，此题何意？

小妖女：小阿哈你听好了，怎么让十字花开？

阿　哈：这就是个十字架，十字架怎能变成花？

小妖女：你不能动嘴动手，看十字架开花！所以才是难题呀，让十字架变成一朵美丽的花，天下魔法都无用，心法才是最大法！

地　乙：这算什么谜题呀？十字架怎能变成一朵花？

天　甲：地乙你别说话！心才是最大的魔法！

小妖女：你个小天甲，快快闭嘴吧！

阿哈走到彩霞跟前，欲伸手抚摸她的脸，这时响起威严的吼声，万物皆响。阿哈收住了手，四下看着挤满了猴子的天地，也有狼。狼无伪装，就是狼，从未披过羊皮，倒是有的羊不想被杀披上过狼皮，哪知道只是吓唬自己，被抓、被杀、被烤了。

阿　哈：眼前只见十字架，

十字架怎能变成一朵花？

天　甲：这是火国设计的陷阱，

阿哈怎么能看不分明？

地　乙：到哪儿都能遇到神经病！

阿　哈：佳木断，对两端。

伤口对伤口，哀者齐聚首。

摆成十字架，

怎可能变成一朵生命花？

小妖女：眼前摆着十字架，一个时辰看变化！

三声鼓响无变化，用你之血葬此花！

地　乙：你毁花灭花葬阿哈，可知神奇手中拿？

快念咒语权杖起，杀死妖女木开花！

阿哈悲伤至极，无以复加。

阿　哈：举起金权杖，天魔来四方。

一发不可收，天地百命亡。

阿哈向小妖女行跪礼。

阿　哈：人生来世都不易，因何非要灭异己？

人心不在天地聚，天堂之上也东西！

小妖女：你去问上帝！

阿哈举首仰望。

阿　哈：上帝上帝，你在哪里？

丛林之声响起，沙沙作响。树妖起舞，追魂震荡。

天甲、地乙同跪下，双手向天。

阿　哈：（喊）赐我智慧破此题，上帝上帝求求你！

第一声鼓响。天甲的剑掉在了地上。天甲着急地行跪礼。

天　甲：阿哈！三题你不破，我们都无活！

阿哈站起，默默肃立，看着彩霞，眺望远方。

阿　哈：（吟）**阿哈在世五千年，难逃劫难在眼前。**

天生阿哈有何用？一片忠诚路难行。

阿哈在世五千年，如歌如梦百万天。

啼哭来世人人是，蹒跚学步父王搀。

天下女人多缠绵，母后爱我泪涟涟。

火国取火是使命，更为彩霞还心愿。

父王何必要杀我，权杖放地可看见？

不因阿哈是少年，忠诚肝胆天地见！

天　甲：阿哈，快收起你的浪漫，三声鼓响命玩完！

地　乙：阿哈快把咒语念，横扫妖魔天地颤！

阿哈放下金权杖，四下眺望，百感交集。

阿　哈：**我看见，在一个空旷的地方，**

我站在这空旷之上

内心空旷，

说着空旷的话，

听着空旷的回响，

像空旷的傻瓜，

空旷的思想，空旷的主张。

我看见，那里挤满了猴子，
听我说空旷的话。
在猴子的眼睛里，
我就是空旷。
原来我是空旷，
还有你，看上去空空荡荡。

我的空旷，
你的空旷，
我们的灵魂去哪儿了？
空旷里可藏着
不肯示人的空旷宝藏，
还是空旷的主张？

响起阵阵风声，风儿起。

第二声鼓响，地乙的剑飞起，地乙慌张地跳来跳去追剑。

地　乙：阿哈！我和天甲没剑了！

小妖女：天甲地乙失宝剑，再也不是卫士啦！

小妖女疯癫地跳着，兴奋不已。

小妖女：我看见，雪国的大王那样悲伤！

我看见，又一个咒语在雪国飞扬！

我看见，阿哈在火国的图腾上！

啊哈！啊哈！啊哈哈哈！

阿哈放下悲伤，情深意切地看着远方，掩饰着激动。

阿　哈：七月的一个傍晚，我走出了

家园。看彩霞浮在天边，

听溪水潺潺，高山依稀可见。

我的梦带着声响，

跳跃在天地间。行走的路上，

留下一行

不忍飘散的缠绵。

七月的一个傍晚，我看清了

浮云里的图案。闻到

雪的味道，一只百灵看到了我

激动的布衫。田地间
农夫在默默地耕田，
牧童把身体靠在树干上，
浣纱女让空气
变得性感。我看见男男女女
在田野里交欢，
乡野里飘起袅袅炊烟。

这就是生活。活着
就要行走。我走出七月的傍晚，
苦和甜在我的梦里
纠缠。什么是锐利的味道，
哪一种挣扎
会被称为果敢？哭泣，还有我
不曾忘记的微笑，一起留在
我记忆里的蹒跚。

蹒跚也好，梦想也罢，

有人还在抱怨，对未来忐忑不安时

这一个少年，

已经走进遗忘故乡的山峦。

为我哭吧！为我笑吧！

我是懂得爱的少年，

守信、承诺、担当、果敢。

相信我吧，

我的梦会带我到达理想的家园！

第三声鼓响。天甲和地乙惊慌不已。

天　甲：（喊）阿哈！

地　乙：（喊）阿哈！

天地间所有的声音在喊：阿哈！

小妖女旋身急转，现出了原身的法斯库，他兴奋到发狂。

法斯库：阿哈！你死定了！

天甲和地乙惊诧不已。

天　甲：法斯库？

地　乙：（惊）法斯库！

阿哈拿起金权杖，法斯库吓得后退几步，想起金权杖在树国失去了魔法，又张狂起来。

法斯库：你个小阿哈！金权杖在这里失去效力啦！

你是干着急！我将成为雪国大王！

受死吧！阿哈！

阿哈淡淡一笑，轻叹一口气，摇摇头。

阿　哈：**你站在坑里**

毫无所知。还在鼓噪

你拥有的权力。

其实你

一分钟也不曾活过，

生下即已死去。

你生得出奇，死得

毫无知觉，还以为一直

活着。你只是

一具会呼吸的肉体，

法斯库，雪国国王当年狩猎时与一个山野村妇苟合生下的私生子，阴险狠毒，为夺太子之位设计陷害了阿哈。

在“黑白之昂”系列中他成了花炽国国王。

真为你悲哀，

灵魂早已离你远去。

谁会在这里尖叫？在魔鬼怀抱

跳起舞蹈？我听见

你灵魂的悲号，在腐朽的雪国

哪里还有诗与歌？

我敬佩你的自娱自乐。收起

你的喧嚣，快逃吧！

使劲跑，追上你的灵魂。

在我心里，你早已经死了。

乌云密布，飞卷。阿哈走到彩霞前，看着彩霞，眼睛里满含泪花。

阿　哈：彩霞，我一定把你带回家。

我知道你为雪国有雪，那天晚上

你求你父王为雪国送来雪莲花，

令火国大王动怒，让你失去了一半魔法。

你是如此善良，为了不让两国交战，

你想用生命化成雪莲花

被我阻止了，我才激怒了我的父王。

我一定要向火国往，我爱你，

求你的父王放过你！我愿意为你死，

为雪国求雪而死，上帝

你为什么看不见，不救救我的彩霞？

阿哈泪如泉涌，滴滴落在彩霞身上。

奇迹出现了，阿哈的泪水滴落在彩霞身上，湿了折断的枯树枝做的十字架。枯树枝浸湿开始膨胀，一点一点地胀开了，开成了一朵花！

一声雷响，天地间都看到了彩霞身上的十字架开成了一朵花，阿哈的爱之花！法斯库的心机白费了，被炸雷声响惊得站不稳，只剩下了惊呼。

法斯库：上帝啊！

天甲一惊，地乙大喜，变成石头的曼陀拉挣脱了法斯库的魔力，跳起。

天　甲：地乙，你快看，开花了！雪国有救了！

地　乙：天甲，真是奇迹，十字架是爱之花！

曼陀拉跃到彩霞前，泪如雨下。

阿哈唤着彩霞，激动不已。

阿　哈：彩霞？彩霞？

曼陀拉：彩霞？彩霞！

彩霞睁开眼睛，看见阿哈，起身被阿哈紧紧抱住。

彩　霞：阿哈！

阿　哈：彩霞！

天甲、地乙激动万分，双双行跪礼。

天　甲：阿哈的眼泪浇开了十字架，

十字架变成了一朵生命花！

情真意切小阿哈，你的忠诚比天高！

地　乙：阿哈快寻我宝剑，今生今世爱阿哈！

阿哈看着曼陀拉，也好生激动。

阿　哈：曼陀拉？你怎么来了？

曼陀拉：王后被锁地宫里，让我万里救阿哈！

法斯库要夺你的降龙扇，你父王就是一个睁眼瞎！

快拿你的金权杖，速回雪国救王后，阿哈！

法斯库：阿哈休想回火国！到了火国成我祸！

火国火军要逆反！阿哈快给我降龙扇！

地　乙：你就是想造反！

法斯库变成了黑旋风，将阿哈和彩霞击倒，天甲和地乙也倒下，只见天甲和地乙的剑卷在风中，融化了。

天　甲：（喊）我的剑！

地　乙：（呼）我的剑！

法斯库在黑风中的两只手掳走了彩霞，席卷冲天。天上飘下红色的雪花，那是彩霞的血。

阿　哈：（喊）彩霞！

阿哈拿起降龙扇，抛向天空。法斯库接到降龙扇，彩霞坠下，阿哈接住了彩霞。

阿哈站不稳，倒下。彩霞抱住了阿哈，哭了。

彩　霞：阿哈你干什么？你母后把你的生命化在了降龙扇！你不要命了？你怎能为救我失去无边法力？

阿　哈：彩霞，我的好彩霞，快带我到火国城下！

彩　霞：阿哈还要到火国？那是你的一场祸！

为我失去降龙扇，你的法力如何展？

阿　哈：彩霞，阿哈必须把你救，也要救母后！

雪国大祸临头，快带我见你父王把雪国救！

天甲和地乙手拉手，一飞冲天，合力后可再生魔法，誓要夺回降龙扇，决不能让法斯库拿走。

兄妹俩腾空而起，天上落下红雨。天甲和地乙为保护阿哈，放弃了自己的生命，红雨狂飙。

空中响起火国大王的声音。

火大王：阿哈！用你的金权杖！

阿　哈：不能啊火国大王！会把天甲地乙一起伤！

地乙！天甲！快快回往！

阿哈举起金权杖，金权杖突然闪烁出道道金光。

彩霞为父王跪下，知道父王是用自己的命复活金权杖在树国的法力，也可以救下天甲、地乙。

彩　霞：（喊）父王！你怎能复活金权杖，这样会把父王伤！父王！

火大王：彩霞啊！快带阿哈回家去，把阿哈放在图腾上！

彩　霞：求父王莫把阿哈杀，女儿想和他走异乡！

阿　哈：彩霞，我的好彩霞，我愿意到火国的图腾上！

曼陀拉将自己的血注入木鸟，他要为阿哈夺回降龙扇，不怕把命亡。

天甲、地乙合力，在天上苦斗法斯库。法斯库有了降龙扇，更是法力无边。

只见木鸟一飞冲天，金光闪闪，乌云飘散，向法斯库冲去。

法斯库拔箭射向木鸟，也可以把阿哈击穿！就在这千钧一发的时刻，天甲一把推开地乙，用身体阻挡法斯库的箭。

天甲被击穿，从空中坠下。

木鸟将法斯库击成了碎片！

曼陀拉失血倒下。天甲坠地，地乙飞了下来。

地　乙：（喊）天甲！曼陀拉！

法斯库的碎片坠地，满血复活变成了一只狼，冲向阿哈和彩霞。

阿哈紧紧抱住彩霞。地乙扑向法斯库，被法斯库用利齿撕成碎片，为阿哈抢得了时间。阿哈把自己的血注入金权杖，往地上一戳，天崩地裂。

阿哈倒地。

彩　霞:（喊）阿哈!

阿哈艰难地站起来，抱住彩霞，珠泪涟涟。

阿　哈: **谁说没有上帝?**

就在我的心里。

我的上帝，

就是你!

雷鸣电闪，狂风暴雨。

阿哈跪下，脱下衣衫，泪流满面，挥舞长衫。

阿　哈: 地乙! 天甲!

彩霞从后面紧紧抱住了阿哈，悲伤。

彩　霞:（喊）阿哈!

阿　哈: 复活地乙和天甲，我愿意减寿万年!

彩　霞: 可地乙、天甲没有了剑，你让他俩怎么办?

阿哈又扑向曼陀拉，悲伤地喊。

阿　哈:（喊）曼陀拉!

天甲、地乙复活了，还有曼陀拉。复活了的天甲、地乙，还有曼陀拉现出了身形，然后又开始融化。

阿　哈:（喊）天甲不可！地乙不可！

曼陀拉，你干什么？！

天甲、地乙和曼陀拉化成三道光，闪烁了一下就消失了。

天　甲:早点回来，阿哈！

地　乙:我和天甲护你在雪国城下！

曼陀拉:还有我曼陀拉！

阿哈泪流满面，慢慢地面向雪国跪下。他知道忠诚的天甲和地乙，还有曼陀拉不想变回人形折损他的寿命，知道天甲、地乙和曼陀拉变成了什么。

阿　哈:（泣）地乙！天甲！曼陀拉！

阿哈倒下了，彩霞跪下，抱起阿哈。

彩　霞:阿哈……

火鸟飞来，抓起阿哈和彩霞飞向天空。

天上出现满满的火烧云，染红了天际。

天地间响起天堂之音的无字歌。

一个女童在歌唱。

玖

火国，威严的仪仗，火国武士全副武装站满，有一把火国大王的龙椅，大王没在，大王还没有来。

中间有一座圣台，从那里可以登上天山，天山上开着一朵雪莲。

阿哈缓缓走来，他已经失去太多，如此虚弱，却要走出坚强。终于到了这样一个地方，是使命，是责任，是承诺。

他抬起头，看着火国崚岭上的雪莲花，浮想联翩，又转回身去，望着遥远的雪国。

阿哈望着故乡，失望、难过中流露出坚强。

阿　哈：**我的雪国，怎么会**

在中庸的阴险中微笑？

我看见

高贵与卑微挤在一起，
无处可逃。

我知道，有人期待一场大雪
把罪恶用洁白覆盖，
再寻一个美丽的光环招展。

你除了权力，
其实什么都没有。

不管你是否无怨无悔，
只有死的时候才知道自己是谁。

响起燃烧的声音，火焰在四处燃起，由远至近，火国的火。

阿哈又浮想联翩。

阿　哈：**早餐，像一场爱情；**
吃得太好，如梦飘飘；
吃得太饱，成为午餐的陷阱。

午餐，是早餐的继续，
不能让胃满意，所以
简单而草率，重复着生命的花絮。

晚餐来临，在胃里与早餐相遇，
苦苦挣扎的排挤，终于
早餐从别无选择的通道失去。

失去的总是爱。有人
喜欢只把恨留着，于是成为
一块结石，如此坚硬的折磨。

火国大王来了，已经病入膏肓，坚强地走过来，坐在了龙椅上。

阿哈跪地，敬献上金权杖。

阿　哈：火国大王，阿哈还你金权杖，

谢大王让阿哈有这一番经历。

火大王：阿哈，你的信呢？

武士拿走金权杖。阿哈从身上取下父王给火国大王的信，双手托起。

又有武士取下信，交给大王。大王没有打开，看着阿哈。

火大王：阿哈，你可知道信里写着什么？

阿　哈：**不管是什么，背在身上**

就是一种职责。也许兴奋

也许难过，不重要，

死亡只是一种幻象。

火大王：阿哈还挺有主张。

我佩服你的勇气，不怕噩梦一场？

阿　哈：**古人讲，制作车子的工匠**

最担心别人不富有，

所以梦想

天下的人都是郡王。

想一想，制作弓箭的人

唯恐箭不锋利，

看上去

是一心要把人伤。

两个工匠，没有

更伟大的理想，是责任

决定了使命，

莫怪他们荒唐。

火大王：告诉我，此时此刻，你还有哪些豪言壮语？

你个小小阿哈，不怕死吗？

你父王的信不用看，就是要杀死阿哈，

你不害怕吗？

阿　哈：**我厌恶，这个世界总有争斗，**

有人死亡，

而我不知道能做些什么。

这才是我的痛苦所在。

如果有来世，

我不愿意再来。

这个世界，男人习惯了
听高音的能力，而女人只喜欢
默默低语。

高音和低音奏响了衷曲。
居然还有诗人
写着自己都不明白的语句。

如果你想听，响彻云霄的道理
其实只有一句：
死比生容易。

有些人，一辈子没看到过山
就死了。有的人
从来没有看到过海，也死了。

而我真实地活过，

唱一曲

永不飘散的忠诚之歌。

火大王：好吧！我尊重你的选择！

我杀了无数的人，都说不上什么信仰，

也跟忠诚扯不上关系！我从不知道

什么是死亡。阿哈告诉我！

阿哈抬起头，眺望着峻岭上的雪莲。

阿　哈：死亡，就是思想

守着孤独的灵魂。

火大王：阿哈，不要乱讲！

可我还是想听一听你的主张，讲！

阿　哈：我觉得，开口即无知。

英雄和蠢猪

在一个频道上，

有时候甚至睡在了一张床上。

没有人听过神说话，

因为神从不开口，

皆由弟子传播主张。

当你听到的时候，

已经死亡。

火国大王有些激动，说动情也可。可是他似已无力站起来，指着阿哈。

火大王：你是白天光芒万丈，

还是只是一个夜来香？

阿　哈：**夜来香，无端生短长。**

只因爱，

撒花断心肠。

夜也长，梦也长，

醒时无芬芳。

了此幻想，

再无奢望，

从此各一方。

火国大王顽强地站了起来，离开龙椅，看着阿哈，坚定地指向圣台。

火大王：去吧，阿哈！用你的爱、

你的真诚和担当去征服天下！

沉闷的鼓声响起，传来一声尖锐的号声，像一根刺扎进了柔软，然后鼓声大作。

阿哈走上圣台，慢慢地脱掉身上的衣裳，他的背上有一个巨大的红色脚印。

阿哈站在圣台上，大火燃起，火光冲天。

从火里飞出一只金色的凤凰……

结 束

两只金凤凰飞来，到了雪国城下。

转身一变，是阿哈和彩霞。他们手拉手，走向雪国城门。

雪国之门，天甲和地乙化成了两只威武的守门之狮。当初天甲和地乙飞回雪国，就是要做雪国的守门之狮。

曼陀拉化成了铜铃，悬在雪国之门的门楣上。这个铜铃，原来就是曼陀拉啊。

阿哈忽然跪下，行雪国大礼。彩霞泪流满面，也为天甲和地乙跪下。

铜铃摇响了。

雪国的天空飘起漫天的大雪，雪花尽染雪国大地。

阿哈缓缓站起，扶起彩霞。

一对石狮，人们都见到过，却不知道这是天甲和地乙在忠诚守卫。还有门上的铜铃，原来是曼陀拉的化身。

天甲、地乙、曼陀拉在“黑白之昂”系列中都将复活，谱写出新的篇章。

阿哈拉着彩霞转过身来，拥着彩霞，慢慢扬起头，看着苍穹。

阿　哈：**我用两个眼皮，**

量出了上帝的距离。

请关注“黑白之昂”系列第一季

《碎了一地丁香花》上、中、下

图书在版编目（CIP）数据

谁杀死了阿哈 / 陆涛著. —北京：北京联合出版公司，2018.5

ISBN 978-7-5596-1827-6

Ⅰ.①谁… Ⅱ.①陆… Ⅲ.①中篇小说－中国－当代 Ⅳ.①I247.5

中国版本图书馆CIP数据核字（2018）第050340号

谁杀死了阿哈

作　　者：陆　涛
责任编辑：夏应鹏
特约编辑：赵　瑜　张　强
封面设计：灵动视线
版式设计：文明娟

北京联合出版公司出版
（北京市西城区德外大街83号楼9层　100088）
三河市冀华印务有限公司　新华书店经销
字数70千字　960毫米×640毫米　1/16　印张10.5
2018年5月第1版　2018年5月第1次印刷
ISBN 978-7-5596-1827-6
定价：25.00元